SWEETY ALWAYS CHANGES

颗糖，甜心，
甜甜的是你
念我名字时的
吻语，
是你牵我手时
醉的滋味。

两颗糖，甜满心，
填满你不在
我身边时的所有
空隙，
所有久
久等待的时间。

SWEETY ALWAYS CHANGES

© SOL.Bianca Creation works

甜心萌变

SWEET ALWAYS CHANGES

♥ 巧乐吱

著

CNS 湖南少年儿童出版社
HUNAN JUVENILE & CHILDREN'S PUBLISHING HOUSE

图书在版编目（CIP）数据

甜心百变 / 巧乐吱著. —— 长沙：湖南少年儿童出版社，2015.8
ISBN 978-7-5562-1350-4

Ⅰ．①甜… Ⅱ．①巧… Ⅲ．①长篇小说－中国－当代 Ⅳ．①I247.5

中国版本图书馆CIP数据核字(2015)第148926号

CIS
PUBLISHING & MEDIA
中南出版传媒

Tian Xin Bai Bian
甜心百变

责任编辑：罗晓银
品牌运营：Sean.L
特约编辑：李 黎
视觉监制：611
文字编辑：袁 卫
装帧设计：胡万莲 齐晓婷
原画监督：丹青 show
插画制作：索·比昂卡创作组（多 夕 Erich）
文字校对：曾乐文

出 版 人：胡 坚
出版发行：湖南少年儿童出版社
地　　址：湖南省长沙市晚报大道 89 号　邮　　编：410016
电　　话：0731-82196340（销售部）　　82196313（总编室）
传　　真：0731-82199308（销售部）　　82196330（综合管理部）

经　　销：新华书店
常年法律顾问：北京市长安律师事务所长沙分所 张晓军律师
印　　刷：长沙鸿发印务实业有限公司
开　　本：660 mm × 960 mm　1/16　字　 数：182 千字
版　　次：2015 年 8 月第 1 版　　 印　 次：2015 年 8 月第 1 次印刷
定　　价：25.80 元

C目录
ontents

C目录
Contents

楔子

SWEETY ALWAYS CHANGES

　　午后明媚的阳光透过被擦得透亮的玻璃门照进甜心甜点屋内，坐在柜台前昏昏欲睡的我无力地打了一个大大的哈欠。

　　"老爸，我都说了这种阳光明媚的下午是不会有人来买蛋糕的，大家都出去约会了。"我没好气地说，然后趴在柜台上，有些烦躁地摇晃着脑袋。

　　"亲爱的米苏啊，我发现你最近特别没有耐心，而且张口闭口就是约会，难道是遇到了感情问题？来来来，跟你永远的小伙伴——你老爸我聊一聊。以我丰富的人生阅历，一定能帮你解决烦恼。"老爸笑眯眯地拨了拨他那仅有的几根头发。

　　我用手肘支在柜台上，双手撑着脑袋无力地看向老爸。当我对上他那双闪闪发光的眼睛时，心中的无奈如排山倒海一般涌来。

　　我无奈地摇了摇头，然后指了指自己的脸，说："老爸，你看清楚一点啦，这张和你长得几乎一样的脸，怎么可能有遇到感情问题的机会啊？"

　　我长得像我老爸，从我出生开始，身边的人就一直在说这件事情。

　　本以为随着我慢慢长大，这一切会有所改变，可惜事与愿违，我越来越像我老爸，无论是那硬朗的国字脸，还是那黄皮肤，都像极了我的老爸。糟糕的脸形和肤色配上完全没有特点的五官，让我从出生以来就没有被身边的男生正眼瞧过。

　　老爸闻言一愣，原本带着笑意的眼睛猛地睁大，大到连眼角的鱼尾纹都张开了。他一个箭步冲到了我的面前，两只手放在我的肩膀上用力将我拽起。

我在毫无防备的情况下被老爸拎了起来，他一边用力摇晃着我，一边不满地说："像我怎么了？像我怎么了？你倒是说说看啊！你老爸我年轻的时候也是英俊潇洒，风流倜傥，帅气之名响彻十里八乡啊！"

我无奈地擦拭着老爸因为过于激动而喷了我一脸的口水，伸了一个大大的懒腰挣脱了他的束缚。我看了看四周，在收银台的桌子上看到了我的手机。我伸手拿过手机调出拍照功能，对准老爸拍了张照片，然后将手机递到了老爸的面前。

老爸原本还在碎碎念，当他看到手机上那张活像抽象画一样的照片时，猛地退后了两步，显然是被自己的样子吓了一大跳，那张原本盈满笑意的脸上此时只有哀伤，他愤恨地看了我一眼："做人最重要的是开心，可是你竟然剥夺我开心的权利，唉……"

老爸叹着气，一副备受打击的样子转过身，走出了甜点屋，留给我一个寂寞的背影。

呃？

是不是我讲话太不客气，伤了老爸的自尊心啊？

大概思考了两秒钟后，我突然想到了一件事——

老爸走了，那么店里的事不都得我做了？

果然，一个带着大笑的声音传了进来——

"丫头，你伤了老爸的心，今天就让你一个人看店了……"

我追出门，看着老爸逐渐消失的背影，心中大惊，原来这一切都是老爸的计谋，他又找借口开溜了！

"臭——老——爸！"我愤怒的吼叫声足以掀掉屋顶，却唤不回已经跑远的老爸。

　　真是的，每次都这样，一到周末就想尽办法开溜，去和老妈约会。我之前那些话明显是说给他听的，他居然还装糊涂。

　　人已经走了，我再怎么叫唤也是徒劳无功，我无力地趴在收银台上，用手指在桌面上画圈圈。

　　"丁零零……"收银台上的电话毫无预兆地响起。

　　"甜心甜点屋。请问您需要些什么？"我熟练地接起了电话。

　　"我……"电话那头传来了一个奇怪的声音，听不出是男是女，"我要一个提拉米苏、一杯珍珠奶茶。帮我送到明珠路28号楼3楼301室。"

　　"好……"

　　我的话还没有说完，电话就被挂断了。

　　我拿着电话愣了愣，心中暗骂，什么人啊，真是没有礼貌，居然这样就挂断了电话！虽然心中万般不情愿，但我还是动身准备出门。

　　还好这个外卖地址距离我们店铺并不远，我让蛋糕师傅看店，便拿着外卖盒一路小跑来到了那个地方。

　　站在明珠路28号楼的楼下，我忍不住抬头仰望。

　　这楼也太破了吧？它藏身于两栋刚刚盖好的商业楼中间，或许就是因为周围大楼的映衬，显得我面前这栋楼格外破败。

　　我一步一步走近这栋总共4层的大楼，大楼外爬满了爬墙虎，透过密密麻麻的藤蔓，隐约可以看到大楼外墙的红砖，红砖上还有用白色油漆写的字。

　　出于好奇，我快步走过去拨开了那些藤蔓，发现藤蔓下写着的是一个大大的"拆"字。

这……这是危楼啊!

究竟是什么样的人会住在这种地方啊?

我的脑海中瞬间出现了无数猜想。

是满脸胡楂的流浪汉?是穿着风衣的变态大叔?还是留着长发的怪异艺术家?

我不由自主地打了一个大大的寒战。在这一瞬间我有了转身逃跑的想法,不过秉着我们甜心甜点屋"百分百为顾客着想"的原则,我还是硬着头皮走进了大楼。

我一路小跑冲上了3楼,来到301室门口。

这是一扇崭新的银色金属门,和周围的一切非常不协调。周围的白墙因为岁月的侵蚀有些发黄,墙皮甚至已经开始脱落,露出了里面的水泥墙面。头顶的天花板挂满了大大小小的蜘蛛网,忽明忽暗的感应灯闪着暗黄的光芒。

这哪是人住的地方啊,简直就是鬼屋!

还好我胆子大,不然真没勇气站在这里。

我深吸了一口气,伸手去敲那扇崭新的金属门。结果我的手指刚刚碰到那扇铁门,门就十分缓慢地打开了一条缝隙。

铁门突然打开,让我猛地缩回了手。我小心地透过那条窄窄的门缝往屋里看,企图看清楚屋里的情形。但让我意外的是,屋里一片漆黑,连灯光都没有。

这里真的有人住吗?那个电话该不会是什么人的恶作剧吧?之前我也听老爸说过,有很多无聊的人打电话到店里点外卖,然后报一个假地址来戏耍我们。难道我今天就是遇到了这样无聊的家伙?

我一边想着，一边将脸贴近门缝。

咦？我在做什么？我又不是偷窥狂，我是来送外卖的啊！

想到这里，我站直身体，再次伸出手去拍打那扇门。因为我的拍打，那扇门完全打开了。

"喀喀……"我清了清嗓子说，"你好！我是甜心甜点屋的！我来送外卖！请问是您点的外卖吗？"

半晌屋内也没有传出半点声响。

难道真被我猜对了？我真的遇到了无聊的人？真是倒霉！我想着，转身就准备离开这个鬼地方。

"啪嗒……"

我转过身，刚走了两步就听到身后突然传来一个金属撞击的声音，声音非常轻，让我以为是自己的错觉。

我站在原地愣了愣，不太确定刚刚自己听到的是不是真实的。

"救命啊……"一个非常虚弱的声音从我身后那个房间里传了出来。

这一次我可以确定，我绝对没有幻听。

我再次走回门边，有些难以抉择。我要进去吗？还是少管闲事比较好吧？我站在门口，始终不敢迈步进去。

我一介弱女子，万一里面藏着个高大威猛的坏蛋，我就必死无疑了。

"救命啊……"虚弱的求救声再次响起。

如果真有坏蛋，应该不会任由受害者叫喊吧？说不定现在坏人正在休息，所以受害者才趁机求救，如果我这个时候见死不救，将来岂不是要背上间接害人死亡的骂名？

不行！我要进去救人！就在这一瞬间，我内心的正义感爆发了。

我深吸了一口气，然后带着一脸悲壮的表情走进了那黑漆漆的屋子。我在入口处的墙面上摸索着，找到了电灯开关，轻轻一按，瞬间屋内一片明亮。

看清楚屋里的情形，我目瞪口呆。

这里也太乱了吧？

废报纸和外卖盒随处可见，沙发上也堆满了杂物——从揉成一团的衣服到电脑网线，所有不应该出现在那里的东西全都出现了。

不过，这房间虽然很乱，却很有人气，不像是长久没人居住的样子。

"救命啊……"就在我对这个凌乱的房间进行评估的时候，那个微弱的呼救声再次响起。

我循着声音往房间里走去，在这个凌乱的房间尽头有一扇被刷成红色的木门。

"咣当……"

我快步走向木门，却不小心踢到了沙发边的空罐子，发出了一阵清脆的响声。原本这响声没什么可怕的，可在这种时候还是吓了我一大跳。我一个踉跄，跌向了那扇红色的木门。

木门是虚掩着的，这就导致我直接跌进了木门后的那个房间。

"啊！"我几乎是不自觉地惨叫出声，叫完之后我就赶紧捂住了自己的嘴巴。我有些紧张地四下观望，心跳如擂鼓。我真怕刚刚自己的叫喊声引来杀身之祸。

不看不知道，一看吓一跳。这个房间也太干净了吧？特别是在看过了刚刚那个乱得惊人的房间之后，更显得这个房间无比干净。房间的左边是一面巨大的落地窗，阳光透过窗户外绕满不锈钢窗架的绿色爬山虎照进来，在地板上投下斑驳的影子。

靠右墙摆着一张单人床，平整的白色床单上放着叠成豆腐块的被子。床边放着一个正方形的床头柜，柜上放着一个花瓶，花瓶里插着一把我叫不出名字的漂亮鲜花。紧靠着床头柜摆放的是一个非常大的白色双门衣柜。衣柜虽然非常新，但上面胡乱贴着的几张贴纸十分碍眼。

"救命啊……"在我打量着这个干净的房间时，那个虚弱的求救声再次响起。

这声音是从衣柜里传出来的？

我贴近衣柜，企图听清那个声音。

"救命啊……"求救声再次响起，这下我可以确定声音就是从衣柜里传出来的。

"谁？"我小声地询问。

"我。"从衣柜的缝隙里飘出一个虚弱的声音。

我伸手握住衣柜的门把手，本想拉开，可是又担心会看到什么奇怪的东西。

"你是谁？"我深吸了一口气，决定问清楚了再打开柜门。

"我是我……"说话的声音虽然显得虚弱无比，可说出的话还真是讨人厌。这算什么回答啊？

"你……"

"这位壮士，快救我出去啊！求你啦！不管你提什么要求我都会答应你的！"柜子里面的人毫无预兆地提高了声音，吓得我心跳都漏了一拍。

壮士？

这家伙都被关起来了还有工夫耍嘴皮子吗？

"你，你为什么会在里面？"我有些不确定地问道。

"哎呀！这个就说来话长了！"柜子里面的家伙好像突然找到了谈资一般，语调毫无预兆地变得轻快起来。

这家伙……我的嘴角忍不住抽搐起来。

我觉得里面关着的一定是个神经病，明明刚刚呼救还一副非常虚弱的样子，一听到我的话居然就有了精神。再看看这个房间，并不像是什么犯罪现场。会不会这一切只是柜子里面那个神经病的恶作剧啊？想到这里，我缩回了要去开门的手，考虑要不要掉头就跑。

"你，你还在吗？"大概是见我长久没有回应，柜子里面的人有些着急地大喊道。

"不在……"我一边胡思乱想，一边随口回答。

"啊？你不在了啊！那怎么办啊？救命啊！"柜子里面的人一听到我的话，立刻开始大喊大叫，"咦？你不在了？那谁在跟我说话？"

柜子里面藏着的不是神经病，而是个白痴吧？我冲着柜子翻了一个大大的白眼。

"哎呀！你不要以为我看不到你，你就骗我啊！我心思单纯，可是我不傻！快点救我啊！不然我就报警了！"柜子里面的家伙扯着嗓子大喊道。

我本来打算开门救他，但是听到这个脑袋好像缺根筋的家伙说要报警，又迟疑了。我要放这个脑子不清醒的家伙出来吗？万一他出来了反咬一口，报警说是我把他关在里面的怎么办？

算了，我还是三十六计，走为上计吧！

"我，我跟你说，不是我把你关进去的，所，所以我走了。"我也不知道为什么，说话的时候特别心虚。

说完，我就准备迈步离开，却听到柜子里再次传出声音。

"喂！不要啊！你救救我啊！如果你不放我出去，我会死在这里的；如果我死了一定会变成鬼的；如果我变成鬼了，一定天天跟着你。你出门我跟着；你回家，我也跟着；晚上你要是睡着了，我就站在你的床边用缥缈的声音对你叫'还我命来！还我命来'！"柜子里的家伙用十分幽怨的声音叫喊着。

他的声音像猫尾巴一般轻轻扫过我的皮肤，让我的汗毛全都竖了起来。

这家伙也太过分了吧？我最怕的就是鬼。

"求你啦！救救我吧！你要是救了我，我一定会报答你的！我偷偷告诉你，我其实是一个神奇的魔法师，如果你帮了我，我可以用魔法满足你的愿望哦！"柜子里面的那个家伙为了出来真是无所不用其极，连这种谎话都编出来了。

我撇了撇嘴，已经打定主意要救柜子里面的那个家伙出来，所以也没有因为他那些话而迟疑。

我伸手拉动把手，伴随着轻微的摩擦声，柜门被打开了，柜子里面的人也随之映入我的眼帘。

偌大的衣柜里面没有一件衣服，在衣柜的右下角坐着一个被绳子绑得像粽子一样的男生。

他抬头看着我，或许是因为长时间没有见光，他的眼睛微微眯着。

我看着他，心跳如擂鼓。我并不是个花痴，可是如此帅的男生真的让我忍不住心跳加速。我在电视上看到过很多电影明星，可是没有一个如他这般帅气。

他一头亚麻色的短发干净利落，看上去一点都不像是被绑架的人。他的眼睛很大，当他慢慢睁开眼睛的时候，我看到了一双湛蓝色的眼眸，就像是午后的蓝天一般美丽；他的鼻子很高很挺；丰润的唇有些干裂，应该是长时间缺水加上一直大喊大叫所致。

我看着他那张俊脸上立体感极强的五官以及那吹弹可破的皮肤，一时间有些失神。

"快，快帮我解开绳子！"他像一条虫一般扭动着身体。

他的话唤醒了沉迷在他英俊外貌中的我，我不敢迟疑，赶紧弯腰帮他解开绑缚着他的绳子。

被解开之后，他整个人瘫倒在了衣柜里面，我本来想要伸手去扶他，他却对我挥了挥手："我被绑了太久，全身上下都麻了。"

听他这么一说，我也突然想到了，赶紧追问："你为什么会被关在衣柜里面啊？是被绑架了吗？"我说着回头看了看，担心绑架犯随时出现。

"不是的！"他有气无力地冲我摆了摆手，"我是在练习。"

练习？我有些不解地看着坐在柜子里面活动手脚的他。

"嗯，我昨天看到电视上提到逃生术，我觉得这个很实用，便练习一下。你想，一个人出门在外，漂泊在这陌生的城市里，如果不会一点自救的技能，万一出了什么事可不得了啊！"他抬头看着我，脸上的表情十分真诚。

"所以你的意思是，是你自己把自己绑得像个粽子一样塞到了柜子里面，并且关上了门？"我有些不可思议地看着他。

虽然眼前这个家伙的想法很蠢，可他是怎么做到的啊？他是怎么把自己绑起来的？

"哎呀！这不是重点啦！重点是我的救命恩人——你，及时赶到了！你救了我，现在我可以满足你一个愿望。说说看吧，你想要我为你做什么？"

我是及时赶到了，可我来这里的初衷并不是为了救他吧？我环顾四周，看到了我带来的外卖盒。对啊，我是来送外卖的！

"是你点的外卖？你被绑了，怎么点的外卖？"我有些不确定地看着他。他被绑成那样，手脚都不能动，柜子里面也没有电话，他是怎么叫的外卖啊？

"哎呀！那个不是重点啦！"听到我的问题，他的眼里闪过一抹可疑的神色，语气也微微停顿了一下，但很快，他就露出足以迷惑人心的闪亮笑容望着我，转移了话题，"重点是你救了这个城市最神奇的魔法师，快点告诉我，你的愿望是什么？"

我眯着眼睛看着这个家伙，虽然长得很帅，不过……脑袋应该是有点问题的。

"我没有愿望，你要是没什么事，我就走了。"

此地不宜久留，我还是赶紧走吧！我想着，转身就准备走，结果我的步子都还没有迈开，就感觉脚踝上传来一股非常沉重的力量，这力量让我连脚都抬不起来。

我低下头，发现脚踝被一只修长白皙的手抓住了。这是在演鬼片吗？我的后背瞬间就被冷汗浸湿了。我顺着那只白皙的手往后看，在发现是那个男生抓住我的时候才稍稍松了一口气。

"你干吗？"我一边用手拍了拍胸口安抚我那受惊的心脏，一边转头看向身后那个抓住我的奇怪家伙。

"我这个人一向言而有信，既然答应了帮你实现愿望，我就一定会做到的。"他趴在地上仰着头，有些吃力地看着我。

看着维持着从柜子里面爬出来的姿势的他，我觉得自己仿佛是遇上了恐怖片中那只从电视机里面爬出来的鬼。

"我已经说了我没有愿望了，你到底要怎么样啊？"我涨红了脸，气愤地大叫道。哪有强迫别人接受报答的啊！

"作为一个正常的少女，你怎么能连愿望都没有呢？"男生生怕我跑掉，伸出双臂，紧紧地抱住我的腿。

"快点松手！再不松手我就把你关回去！"我吼道，极力控制住想一脚将他踢飞的冲动。

"那……如果你现在没有什么愿望，这个给你。"大概是被我愤怒的表情吓到了，男生瑟缩了一下，松开了抓住我的手，从地上爬起来，颤颤巍巍地从自己的口袋里掏出了一个小小的钥匙扣递到了我的面前。

我接过那个钥匙扣，也没有多看，随手塞进了自己的口袋里。

"好了，东西我收下了，我可以走了吧？"

"当然可以。我跟你说，你以后要是想到什么愿望，就拿着这个钥匙扣来找我，我一定会帮你实现愿望的！"他信誓旦旦地说。

我毫不迟疑地撒腿就跑。

"对了，我叫巴斯戴乐！记得找我帮你实现心愿啊！"身后那个家伙阴魂不散的声音传来。

什么巴斯戴乐，之前说自己是魔法师，现在又说了个如同跟巴斯光年是兄弟的名字。

我捂着耳朵，奔跑的速度更快了。

直到一口气跑出大楼，站在人来人往的路上，回头看着那栋与周围的繁华格格不入的建筑，我心中的紧张才得以平复。

这个世界上真是什么人都有啊！算我倒霉，今天遇到了这么一个神经病。我一边叹气一边往甜点屋走。

走着走着，我突然觉得自己好像忘了什么。

我伸手抓了抓头发，一道灵光就像闪电一样掠过我的脑海。

我是来送外卖的，那家伙还没有给我外卖的钱啊！

"啊啊啊，那个可恶的家伙，下次别让我碰见——"

悲愤的叫声引来周围人的侧目。

我放弃了回去拿钱的念头。因为我实在不想再进入那栋随时有可能倒塌的危楼，也实在不想和那个神经病多接触了。

唉，算我倒霉！

我无奈地摇了摇头，往甜点屋走去，心里盘算着，一定要把刚刚那个家伙拉入店里的黑名单。

第一章

青蛙王子马卡龙

青蛙王子马卡龙 ♥

甜点来历： 以童话《青蛙王子》为灵感，用蛋白、杏仁粉、白砂糖和糖霜所做的法式甜点，通常在两块饼干之间夹有水果酱或奶油等馅，外观是小巧的圆形，口感丰富。

魔法效果： 魔法王子巴斯戴乐最拿手的魔法甜点，吃下去的人会立刻变成青蛙，只有得到异性的亲吻才能立马解除魔法效果。不解除的话，魔法持续时间为1天。

唉！又到周一了。

我一边唉声叹气，一边有气无力地向学校走去。

都怪老爸，害得我前天去送了那个奇怪的外卖，结果导致我周末两晚连续做噩梦。

我有些烦恼地摇了摇头，伸手胡乱理了理被风吹乱的头发，然后舒展身体，伸了一个大大的懒腰。

"哎，哎！听说教学楼楼顶禁地有人跑上去了呢！快点去看啊！"突然，身后传来一个十分激动的女声。

我几乎是条件反射般回过头，却看到了一张陌生的脸。我有些失望地摇了摇头，然后继续往前走。

之所以会失望是因为我本以为后面那个女生是我的发小林晴，以前她也是每天早上大着嗓门跟我讲话的。也不知道从什么时候开始，她就像在玩躲猫猫一样，我只有在上课的时候才能偶尔看到她的背影，一下课她就消失不见了。

上一次跟她说话是多久之前呢？我一边往前走一边回忆。

"喂！你昨天和你男朋友去哪里约会了？"身边，一个女生拉着另外一个女生，十分亲昵地问道。

和男朋友约会？

我看了一眼走在我旁边勾肩搭背的那两个女生，豁然开朗。林晴自从和林泽亚在一起之后就从我的世界里消失了。我真是搞不懂这些谈恋爱的女生，重色轻友。

我有些烦躁地摇了摇头继续往前走，结果没走几步就看到一大群学生聚在一起抬头向上看。

他们在看什么啊？天空出现了UFO（不明飞行物），还是有超人经过？我也好奇地抬头看。

天空中明明什么都没有啊！

我迷茫地揉了揉眼睛，然后慢慢低下头，就在我低头的过程中，眼角的余光瞟到教学楼天台边缘站着一个穿着校服的女生。

这是什么情况？

我眯着眼睛盯着楼上那个看不太清楚的人。虽然看不清楚那个人，可我总觉得那个身影很熟悉。

"那上面是谁啊？"站在我前面的一个女生问一旁的人。

"不知道啊！太远了，根本看不清楚。"一旁的女生没好气地说。

我竖着耳朵听着她们的对话。

"哎呀！楼上那个不就是F班的林，林什么来着……"站在我前面的一个男生声音格外大，震得我耳朵嗡嗡响。

叫林什么的，还是我们班的？我们班就只有一个姓林的女生，那就是我的发小林晴！

想到这里，我慌忙挤开了前方的人墙，飞奔进了教学楼。我还是第一次如此拼命地奔跑。

我的脑海一片空白，眼前全都是林晴站在天台边缘的画面。

这丫头疯了吗？大早上跑到天台发呆干吗？

人类的极限果然是用来突破的，这一次我只用了三分钟就跑到了天台。我想都没想就一脚踹开了大门冲上了天台，明媚的阳光照得我睁不开眼睛。

我用手遮住眼睛，露出一条小缝，努力适应天台的阳光。我循着在楼下看到的林晴的位置找去。

为了避免意外，教学楼的天台一般是不让人上去的。真不知道林晴这丫头一大早跑上来干什么，被老师抓到，要扣操行分的！我得赶紧把她带下去。

当我看到她还在原地站着，情绪还算稳定的时候，一颗悬着的心总算放下了。我快步走向林晴。她似乎是听到了脚步声，回头看向了我。

我与她对视。在看到我的一瞬间，她脸上的期待竟然消失殆尽。她是在等人吗？但显然她等的人并不是我。

"林晴你……"我刚想说话，她突然转过头不看我。我的话说了一半就顿住了，因为在她转头的一瞬间，我看到了她挂在眼角的泪水。就在那一瞬间，我突然不太确定站在天台流泪的这个女生究竟是不是林晴了。我认识的林晴特别乐观，无论何时，她的脸上都带着开朗的笑容。

"米苏，我是真的不知道该怎么办了，心好痛啊！"林晴轻声说，声音虽然不大却重重地敲击着我的心房。

"到底发生了什么事？"说实话，我觉得有些莫名其妙，这才多久没见，她居然变成这样了？这段时间她究竟经历了什么啊？

"呜呜呜……"林晴没有回答我，而是低下头失声痛哭起来。

我认识她十几年了，还是第一次见她哭得这么惨。

"你只是哭也没有用啊！你说出来，让我帮你出谋划策好吗？"我小心地劝导着。

林晴一向很开朗。以前我们俩一起去看电影，走在路上有路人对我们俩指指点点，说我们是丑女。我还记得当时我气得要去找那个人理论，还是林晴劝我，我才没冲动行事。像她性格这么好，心这么宽，我真的很难想象究竟是什么事让她变成了现在这个样子。

"米苏，你之前跟我说，恋爱是这个世界上最无趣的事情。我觉得你的话不对。"她直视前方，语调中带着淡淡的惆怅。

"你这话是什么意思？"

她都这样了还要跟我炫耀她的恋情吗？不对，一定是她的恋情出了什么问题。

"是不是你和你男朋友之间发生了什么？"

她突然回过头来看着我，有些红肿的眼睛里盈满了泪水。

"男朋友？"她在说出这三个字的时候，脸上露出了轻蔑的笑容。她那张挂着泪水的脸上露出那样扭曲的笑容，让我觉得很可怕。

突然间，我觉得眼前的林晴格外陌生。

"恋爱并不是这个世界上最无趣的事情，单恋才是。我以前一直以为，只要一心一意地喜欢一个人，就会得到回应。很多偶像剧里也是这么演的，平凡的女主角总会得到不平凡的男主角的爱。"林晴有些激动地说。

"林晴，你别激动，你慢慢说，我在听。"我想上前拉住林晴，可是当我看到她悲伤的眼神时，心里也泛起了一阵疼痛。到底出了什么事，林晴才会这么伤心？

"电视剧里面总说，女生只要善良就一定能遇到对的人。为了让自己变得善良，我从来不计较付出和回报，我可以为了喂流浪猫而饿肚子，我可以为了给乞讨者钱而几个月不买新衣服，我以为我这样就可以换来王子……"她说着，眼泪流了下来，顺着她那微黄的脸颊一路滑入她的口中。

"你得到了王子啊！你不是说那个叫……叫什么来着的家伙很帅气吗？你不是说他就是你梦中的王子吗？"我还记得她最开始和那个男生交往的时候有多幸福，我每次见她，她张口闭口说的都是那个男生。

"林泽亚……"她轻声说出了那个男生的名字。

对，就是这个名字，她之前总跟我提起的就是这个名字。现在听她说起这个人的语气，不带任何感情，和之前完全不同。

"嗯！你跟林泽亚吵架了吗？哎呀！你也不要太敏感啦！交往中的男女哪有不吵架的啊！"我试着猜想她难过的理由。

她的生活很简单，自从有了男朋友之后便一心一意地跟着那个男生，连我这个朋友都不要了。现在想来，除了和男朋友发生了什么之外，应该没有别的理由让她这样了。

"吵架？"她轻哼了一声，"如果是吵架那就好了。"

"不是吵架？那是什么？你跟我说说，我看有没有办法让你们和好。"我一边说，一边试图靠近她。

"和好？我才不要跟那个人和好，我讨厌他！我真后悔认识他！"林晴激动地说着，身体也在不断地颤抖。

我一步上前抱住了她，努力想让她平静下来。

猛地被我抱住的林晴吓了一跳，她先是一愣，然后整个人都放松下来。

"到底发生了什么？告诉我好吗？是他做了对不起你的事情吗？他脚踏两条船？"我试着追问。

我这个恋爱经验为零的人所知道的恋人间的问题真的有限，顶多从偶像剧和小说里看到过一些。

"不是！"林晴摇了摇头，眼泪扑簌簌地往下掉。

"那到底是什么啊？"耐心终于耗尽，我忍不住提高声音大叫起来。

"他，他根本就不喜欢我！"或许是被我的声音吓到了，林晴再次大哭起来。

看着她泪眼婆娑的样子，我的心又软了下来："好了好了，别哭了！告诉我到底发生了什么事，你为什么说他不喜欢你？是不是你们之间有什么误会啊？"

"不是误会，是我亲耳听到的！"她用袖子抹掉脸上的鼻涕和泪水，深深地吸了一口气之后开口向我讲述整件事情的经过。

原来今天早上林晴兴高采烈地去给自己的男朋友林泽亚送便当，因为林泽亚是学校篮球队的，一早要到学校训练，没时间吃早餐。

当林晴到达篮球场的时候看到林泽亚正跟他的一个队友说着什么，她不敢打扰林泽亚，所以悄悄走到了他们的身边，结果意外听到了他们的对话。

那段对话是关于林晴的。林泽亚跟自己的队友说，他之所以和林晴在一起完全是因为想让他的那些追随者以为他是一个只注重内心不注重外表的高尚的人，他想要得到更多人的拥戴，正因为如此，他才和林晴在一起。

听完林晴的讲述，原本还想劝解她的我也变得义愤填膺起来。

"那家伙实在太过分了！"我愤恨地说。

"他还跟他的队友说，像我这种长相平常、头脑简单的女生最适合做激起别的女生对他好感的工具了。"林晴深吸了一口气说。

我看着林晴，看着她红肿的眼睛，心里面为她叫屈。她居然遇到了这样一个浑蛋！

"太过分了！这种浑蛋就应该被打入十八层地狱！"我握紧拳头，愤愤不平地说。

"我真的好难过！"林晴再次哭了起来。

我看着哭得很惨的林晴，轻轻拍了拍她的后背，说："林晴，我觉得这件事完全是那个家伙的责任，你何必如此折磨自己呢？"

林晴听了我的话，不解地看着我。

"他欺骗了你，你却折磨自己，这样不会对他造成任何伤害。你现在跟我下去，我们将那个坏家伙的行为公之于众，让他被所有人唾弃！"我咬牙切齿地说。

我们总是习惯用别人的错误来惩罚自己，这样是不对的。只有让那个犯了错的人受到应有的处罚，才是对他犯的错的最好交代。

"可是，可是这样，我，我也很丢脸……"林晴的声音越来越小，小到我几乎听不见。

"那我们就不说，我们再想别的方法！我们俩一起商量，总会有办法的，不是吗？"我努力地挤出一个微笑，轻轻地拍了拍林晴的肩膀。

"可是……"林晴好像被我说动了，挂着泪痕的脸上写满了犹豫。

"不要可是了，让坏人受到应有的惩罚，难道不是最好的选择吗？"我反问她。

林晴歪着脑袋想了想，最终轻轻点了点头。

"好，好吧！"林晴答应着。她似乎想到了什么，对我露出微笑，"米苏，你刚才一直在担心我犯傻对不对？你多虑了，我只是因为心里太憋闷，才上来透透气。"

说完，她稍稍活动了一下四肢。

她应该是在这里待了很久了，所以动作有些僵硬。我松开了那只一直拉住她的手，好让她能够转身跨过围栏。

然而，我刚刚松开手，意外发生了，林晴脚下一个趔趄，身体向楼下坠落。

"林晴，你……"我赶紧伸出手，试图拉住她，却未能如愿。

"啊！我的脚麻了……"这是林晴在坠落前对我说的最后一句话，紧接着我就听到了她的尖叫声。

我冲到围栏边，看着不断坠落的她。

怎么办？怎么办？我的脑海一片空白。

"砰……"

我眼睁睁地看着林晴掉了下去。楼下枝繁叶茂的大树减缓了她下坠的速度，但最终她还是从大约两米高的地方狠狠地摔到了地上。

"怎么办？怎么办？"我一边喃喃自语，一边看着下面不省人事的林晴。

为什么会发生这样的意外？明明前一秒，她还好好的！

天台的冷风似乎从我的骨头缝里穿了过去。

"林晴，你一定不能有事！"

♥2

良久，我才反应过来，快步跑下楼。此时学院医务室的医生已经紧急赶来，对林晴进行急救。我冲到担架前看着陷入昏迷的林晴。

"她，她怎么样了？"我看着担架上并没有外伤的林晴，有些焦急地追问医护人员。

"大树的阻挡缓解了下坠速度，她应该没有太大问题，不过从树枝上滑落时头部着地，可能造成了脑震荡之类的创伤，具体的还要送去医院经过进一步检查才能知晓。你和这位同学是什么关系？可否通知她的家长？"一个穿着白大褂的医护人员用十分简练的语言为我讲述了现在的情况。

很快，救护车呼啸而至。

我一边跟着上了救护车，一边给林晴的爸妈打了电话。

林晴的爸妈赶到的时候，林晴已经被送进了手术室。我跟他们大概讲述了事情经过，不过并没有跟他们说林晴失恋的事。我猜想，林晴大概会希望我替她保守秘密吧。

在经历了五六个小时的检查和手术之后，医生得出了"身体无碍，脑部创伤较为严重，暂时性昏迷"的结论。

医生告诉我们，暂时性昏迷有很多种情况，有可能她明天就醒来，又或者是几个月、几年之后醒来，也有一种可能是永远都醒不过来了。

听到这个噩耗，林晴的爸妈冲到病床前痛哭流涕。

我呆呆地站在那里，看着昏迷的林晴和她伤心的家人，忍住了眼泪，安抚林晴的爸妈："一定会没事的，叔叔、阿姨，林晴那么善良坚强，她一定会醒来的……"

林晴是我最好的朋友，从认识开始，我们俩有一大半时间都在一起。我们一起念书，一起做作业，一起吃饭，一起出去玩，我们能一起做很多事情，现在却什么都做不了了。

她躺在病床上，除了呼吸之外没有任何生气。

最可怕的是，当我看到这样的她时，竟然无法为她做些什么。我觉得自己很可悲，就连自己最好的朋友都没有办法保护，如果那个时候我能够扶着她，或者是反应再快一点拉住她，该多好！

眼泪流了下来，顺着我的脸颊一直流到我的嘴巴里，咸咸的、涩涩的。

今天在天台的时候，林晴也在哭，她的泪水也如此苦涩吗？

从医院出来，我抬头望着天空，阳光依旧温暖和煦。我多么希望现在可以下一场大雨，将我淋湿，让我能够清醒一些。

我看着那些从我身边经过的人，他们或说或笑，轻松自在。林晴会不会以后再也看不到这些了呢？为了一个欺骗她感情的浑蛋，她就这样错过了身边的风景吗？

一想到那个坏家伙，我突然意识到或许我还能为病床上的林晴做一件事，那就是——让那个叫林泽亚的家伙付出代价。

让林泽亚付出代价。这是我唯一想到的能为林晴做的事。可是我该如何做呢？

在学校贴大字报，让大家都知道林泽亚的可恶行为？

不行，我无凭无据，大家怎么会相信呢？况且，林晴也不会想让大家知道她喜欢上这么一个浑蛋。

我胡乱地抓了抓凌乱的头发，突然，一个灵感闪入我的脑海。

古语云"以其人之道还治其人之身"，我是不是应该效仿林泽亚对林晴所做的事情，让他爱上我，然后再狠狠地甩掉他？

不仅如此，我还要让他很丢脸，要让他主动说出自己的种种恶行。听说，人一旦被爱情冲昏了头脑，就什么都愿意做。

我越想越觉得自己的这个办法很好。

可是当我打定主意之后，一个新的问题又出现了——我要怎么让林泽亚喜欢上我呢？我和他毫无交集，不过从林晴对我说的话来看，他一定是喜欢美女的，而我……

我转过头，看了看一旁商店的橱窗，透明的玻璃映出我的样子。

我这个样子，既不好看也没有气质，凭什么让那样一个万人迷爱上我呢？

我一点恋爱经验都没有，所以也不可能靠经验取胜。

现在要怎么做呢？

不对，我虽然没有经验，不过我身边应该有些有经验的人吧？这样想着，我从口袋里掏出手机，打开了通讯录。

老爸老妈？

他们虽然有经验，不过老人家的经验应该不可取吧？

蛋糕店的蛋糕师傅？

他都已经三十岁了，还是孤家寡人，应该也没什么经验。

班长？

她可是出了名的书呆子，怎么可能有空谈恋爱？

我翻遍了通讯录，发现在我那寥寥可数的联系人里竟找不到半个能请教的人。

我将手机塞回了口袋，手伸进口袋的同时，我摸到了一个硬硬的、小小的东西。

这是什么啊？难道又是哪个捣蛋鬼把吃了一半的水果糖放进了我的口袋吗？

但是，当我掏出口袋里面的东西时，愣了一下。

这是什么啊？

我看着手中马卡龙形状的钥匙扣，皱着眉头回忆它的来历。

因为总是弄丢这种小东西，所以我从来不买，那这东西是从哪里来的呢？

我敲了敲脑袋，翻着白眼想了很久，突然脑海中浮现出一句话："你以后要是想到什么愿望，就拿着这个钥匙扣来找我，我一定会帮你实现愿望的！"

这，这不就是那天去送外卖的时候，那个奇怪的家伙送我的吗？当时因为我救了他，所以他主动给了我这个钥匙扣。

我想着，又看了看手中的钥匙扣，突然灵光一闪。

如果我没有记错，那个家伙长得很帅气，看他那个样子应该是谈过恋爱的，找他帮忙说不定可行。

反正他自己也说要报恩，现在我去找他帮忙，他应该不会拒绝吧？

虽然那个家伙真的很奇怪，不过现在我实在没有别的办法了，只能死马当活马医了。

3

我带着几块从店里偷拿出来的蛋糕来到了那栋可怕的危楼前，我想着既然是来找别人帮忙的，总不能空着手吧？

我上下打量着危楼，不管是白天还是晚上，这栋楼看起来都格外吓人。

我真的要进去吗？

我有些犹豫地在大楼门口徘徊，可是当我的脑海里浮现出林晴那张毫无血色的脸时，我下定决心走了进去。

我一路小跑到了3楼，站在那崭新的大门前深吸了一口气，然后抬手敲门。当我的手指碰到门板的一瞬间，门轻轻晃动了一下，然后慢慢打开了。

"你，你，你别过来！"门刚打开，我就听到屋内传出一个尖细的叫喊声。

我别过去？这是什么意思？

难道他正在洗澡？

一时间，我想象了各种精彩的画面。

"你，你，你再过来我就叫了哦！"在我胡思乱想之际，门内再次传来惊叫声。

这是什么情况啊？我没有进去啊，他在叫唤什么啊？

"对不起，我……"

"啊！"就在我准备出声询问时，突然听到了一声高亢的尖叫，紧接着我就看到从屋里飞奔出一个人。

这，这是什么情况啊？我愣愣地站在原地，不知所措。而那个人好像并没有注意到我，等到了门口的时候才发现我的存在，一个躲闪不及，直接和我撞了个满怀。

这……这……

我毫无准备地跌入了一个非常温暖的怀抱，鼻尖萦绕着淡淡的兰花香。

"喵！"虽然和那个突然冲出来的家伙撞在了一起，不过我还是听到了一声夹杂着愤怒的猫叫。

紧接着，我就感觉到有一个毛茸茸的东西蹭着我的小腿。这毛茸茸的触感吓了我一跳，我赶紧推了一把我面前的家伙，低头一看，发现一只金色的大猫蹿了出去。

"啊……老虎，你不要跑啊！"被我推开的家伙似乎也看到了那只金色的大猫，他悲愤地大喊道。

我抬起头，看向这个和我撞在一起的家伙。

没错，就是那天遇到的那个脑子有点问题的家伙。

此时他顶着一头乱发，脸上还有两道浅浅的血痕，显然是刚才跑出去的那只金色大猫的杰作。他身上的白衬衣带着点点血迹，袖子也破破烂烂的。

"你在做什么？"我的嘴角不自觉地有些抽搐。

我来找这个家伙帮忙，真的是明智的吗？这家伙怎么看都不太正常啊！

"哎呀！都怪你，让老虎跑了！我本来在跟它玩困兽斗的游戏呢！"他低着头喃喃自语。

这家伙说他在玩什么游戏？困兽斗？如果我没有记错，刚刚跑出去的可是一只金色的大猫啊！

"哪有什么老虎啊？"我郁闷地说。

"就是刚刚那只虎斑猫啊！它的名字叫老虎。"他说着，抬起头看向了我。

"啊！米苏！是你啊！"他看到我，原本一脸郁闷的表情一扫而空，取而代之的是喜悦。

我看到他那喜悦的神情，心里七上八下的。

这家伙对我好像格外亲切啊！一个神经病对自己表现出亲切可不是什么值得开心的事。

还有一个很重要的问题——这家伙怎么会知道我的名字呢？我可不记得自己告诉过他啊！

"你……"我想问他是怎么知道我名字的，可是话还没说完就被他打断了。

"你是为了你朋友林晴的事情来的吗？"

他笑着走进了屋子，站在门边做出一个请的手势。

我有些犹豫，不过还是走了进去。

"你怎么知道？"我不自觉地瞪大了眼睛看着他。

这家伙是怎么知道的？难道他跟踪我？

这个想法让我觉得毛骨悚然。

"嘿嘿……"他并没有回答我，而是轻笑起来。

这家伙为什么突然露出这种高深莫测的笑容啊？

"因为我是个魔法师。"他笑着对我说。

原本我还觉得他很可怕，说不定是变态狂，可是听到这句话时，我觉得他不过是个神经病。

这家伙说什么魔法师，他以为我是三岁小孩吗？

"你没吃药，对吗？"我无力地说。

我想我一定是疯了才会来找这个神神道道的家伙当我的军师，就算是病急乱投医，也没必要找这么一个家伙吧？

"哎呀！亲爱的米苏，你在说什么啊？我怎么听不懂呢？"他双手托腮，摆出一副迷惑不解的表情。

"算了，没什么！"我摇了摇头，转身准备离开。

想想自己真是病急乱投医，竟然还将希望放在这个只有一面之缘的神经病身上。

"哎呀！不要走啊！"他一把拉住了我的手，然后拿起刚刚被我放在桌上的蛋糕盒，"我知道你不会相信我，我现在就证明给你看。"

证明？难道这家伙打算把我刚刚带过来的蛋糕盒变不见？那不应该叫魔法师，应该叫魔术师吧？

让我意外的是，他从蛋糕盒里拿出了一个蔓越莓马卡龙。

他拿马卡龙做什么啊？他该不会是打算一口吃掉，然后跟我说："你看，消失了吧！"如果他真的这么做了，我一定把剩下的甜点全都糊在他的脸上。

只见他拿着那个马卡龙发了好一会儿呆，然后将马卡龙放在右手手心，左手轻轻一打响指，接着将马卡龙递到了我的面前。

"来吧！吃吃看！"他微笑着对我说。

我看着他那一脸贼贼的笑容，不知道这家伙葫芦里究竟卖的什么药。

我看了看他手心的那个马卡龙，外观和我带过来的时候一模一样，并没有什么改变。

"魔法呢？"我有些怀疑地问。

虽然压根就不相信这个家伙会魔法，不过他这么敷衍的表演还是让我大吃一惊。

"你吃了就明白了！"他扬扬得意地说。

看着他那副样子，我突然有些怀疑，他是不是在这个马卡龙里下了什么药，会不会我吃下这个马卡龙就昏过去，等我醒过来的时候就被关在小黑屋里了？

"我……"我有些犹豫，迟迟没有接过那个马卡龙。

"我绝对没有做什么手脚，除了施魔法。"他笑眯眯地说。

也对，刚刚他只是打了一个响指，别的什么都没有做。我还是赶紧吃了这个马卡龙，然后赶紧离开这个是非之地吧。

我拿过他手中的马卡龙塞入口中。

然而就在我刚刚品尝到丝丝甜味的时候，我感觉自己的身体开始发生变化，我慢慢变小，而周围的一切渐渐变大，原本我还能战栗地后退，可是我的腿突然有些发软，然后两只胳膊非常自然地撑在了地面上。

这，这到底是怎么回事啊？我想低头看一看，可是我发现自己的脖子根本动不了。

"这是什么情况啊？"我紧张得大喊起来。

原本站在我面前的奇怪家伙慢慢蹲下了身子，然后伸手将我托起。

这时候我才发现，原本身高160厘米，体重53千克的我，此时只有他的巴掌大小。

"看，这就是魔法！"他将我放到了他的眼前，笑眯眯地对我说。

"这是什么该死的魔法啊！你到底把我变成什么样了！"我咆哮着，声音出乎意料的响亮。

"你现在很可爱哦！来，来，来，我带你看一看你现在的样子。"他一边说，一边带我朝一个房间走去。他打开房门，将我带到了一面镜子前。

当我看到镜中的自己时，突然有了一种前所未有的崩溃般的感觉。

"这，这，这是什么啊！"我怒吼道。

我看着镜子中的自己——那一身绿油油的皮肤、那鼓起的眼睛以及大大的嘴巴！这……俨然就是夏天荷塘里的青蛙嘛！

"很神奇吧！我刚刚给你吃了我最新研制出来的青蛙王子马卡龙！只要吃了就会立刻变成青蛙哦！"他兴奋地为我讲解，"这个魔法的根据是童话《青蛙王子》。其实我的魔法都跟童话和甜点有关。我可以将童话与甜点结合，只要吃了被我施了魔法的甜点，就能变成童话中的角色哦！"他一边说，一边得意地笑了起来。

不过我可笑不出来，在这种时候，我都变成了这个样子，这家伙居然还有心情笑！

"呜呜呜！你，你太过分了！童话那么多，就算你把我变成丑小鸭也比变成青蛙好啊！更何况还有那么多美好的童话角色，比如白雪公主之类，为什么要把我变成青蛙啊！"我悲愤地一边哭，一边号叫。

“啊啊啊！你别激动，这个魔法是有解除的方法的！”

他的话如同一个休止符，让我瞬间停止了号叫。

我瞪着镜子中的他，迫不及待地说：“那快点解除啊！”

“好！”说着，他就噘着嘴巴凑近了我。

这家伙做什么啊？看他眼睛紧闭，嘴巴噘着，似乎是要亲吻我的样子。

“你，你，你走开啦！”我大叫着，却无法躲开他向我靠近的嘴巴。下一秒，他那略带温润触感的嘴唇就贴上了我的。

这是我的初吻。我虽然对爱情没有太多期待，不过我毕竟是个少女，对初吻这件事还是很在意的。我从来没有想过自己的初吻竟然会在这种奇怪的情况下给了这么一个莫名其妙的家伙。

“好了！看，你又变回来了！”

几秒钟后，当我回过神来的时候，我已经平稳地站在了地面上，而我面前的他也不再像刚才那般巨大。

“你，你，你太过分了！你……”我捂住自己的嘴巴，一时间有些语塞。

“怎么了？”他看着我，眼珠滴溜溜地转着，一副天真无邪的样子。

“你，你怎么能亲吻我呢？”我烦躁地咆哮道。

他歪了歪头，挠了挠脑袋，好像不太明白我的意思：“你没有看过《青蛙王子》这个童话吗？青蛙王子只有被公主亲吻之后才能变成真正的王子啊！所以我刚刚只有亲吻你，才能让你重新变回来啊！”

“哎呀！童话不是重点啦！”我怒视着眼前的这个家伙，企图用眼中的熊熊烈火让他化为灰烬。

“那什么才是重点？”他依旧一脸迷惑。

"重点是，那是我的初吻啊！"我终于忍不住爆发了。

那可是我的初吻啊！一生只有一次的初吻，竟然……

他听了我的话，突然愣住了。

半晌，他突然反应过来，愣愣地看了我一眼之后，那双漂亮的湛蓝色眸子突然盈满了泪水，下一刻，他的泪水决堤而出。

"啊！呜呜呜……"他一边哭，一边叫喊，样子看起来凄惨无比。

这家伙怎么突然哭了起来？

看到他这个样子，我原本的怒火也平息了不少。看着他那副凄惨的模样，我觉得又好气又好笑。

"你还好吗？"我有些尴尬地看着他。

说实话，我还是第一次见一个大男生哭成这个样子。

"还，还好。"他有些僵硬地点了点头，然后又悲伤地说，"那也是我的初吻啊！"

这家伙的话让我一愣。

这算是扯平了吗？

"好啦！别哭了！你看，我都不哭了！"我也不知道为什么最后会变成这个样子，原本应该是我大发雷霆，但最后竟然变成了我在安慰他。

"嗯！好！"他吸了吸鼻子，然后颤抖着点了点头。

看到他这副样子，我忍不住笑了起来。这个家伙看到我笑，也破涕为笑。

此刻的我突然觉得好轻松，一整天的坏情绪终于得以缓解。

我和他重新回到了客厅。

他脸上被猫抓伤的地方还渗着血，我一边帮他清理伤口，一边和他讨论林晴的事。

我不知道他究竟是怎么知道林晴的事的，不过他一口就答应要帮我了。

"你为什么答应得如此干脆啊？"我给他的伤口贴上防水创可贴，然后收拾桌面的药膏。

"是因为我要报恩！还有最重要的当然是因为我是正义的使者啊！"他挥舞着拳头大喊，却无意间扯动了脸上的伤口，疼得上蹿下跳。

"少废话！那你有什么好计划吗？"我追问。

他刚刚说那是他的初吻，这就意味着他也没有谈过恋爱。虽然这个家伙是个魔法师，不过……

啊！对了！他是个魔法师，可以利用魔法来对付那个坏家伙！

"知己知彼才能百战百胜！米苏，你明天先去调查一下这个大坏蛋林泽亚，然后我们再针对他部署详细的计划！"他拍着胸脯，一副胸有成竹的模样。

我看着这样自信的他，又想了想他那神奇的魔法，原本觉得很难的事情似乎变得简单了。

真是天助我也！

林晴！你等着，我很快就能帮你讨回公道了！我一定要让林泽亚尝到苦头！

第二章

白雪公主蜂蜜糕

● **白雪公主蜂蜜糕** ♥

甜点来历： 受童话《白雪公主》启发而制作的一款以蜂蜜为主要材料，并具有美容养颜效果的汉族特色糕点。蜂蜜糕源于宋朝，元、明、清代一直为宫廷所用。直到民国年间，此秘方才流入民间，进入了寻常百姓家。

魔法效果： 吃下去会变得像白雪公主一样白皙。哈哈哈，当然是骗人的啦！白雪公主蜂蜜糕的魔力跟小矮人有关哦！只要吃下它，然后站到某个人面前跟他对视，那么，"当当当……"奇迹发生啦！想知道是什么魔力，请自己试验吧。魔法持续时间为7天。

第二天清晨，我早早地去了学校。

要收集林泽亚的资料，就一定要接近他，然后再从他身边的人下手。

正好这学期刚开始没多久，学校的社团也开始了招新活动。我放弃了原本想要去的甜点社，拿起从网上下载的篮球社报名表，连教室都来不及去就直奔社团活动大楼。

篮球社是学校最火爆的几个社团之一，而林泽亚是学校篮球队队长。

因为篮球队多次代表学校参加篮球比赛并且取得不俗的成绩，篮球社十分受学校领导的重视。

光从社团经费来说，篮球社就比其他社团多很多。自然，社团活动室也是在地理位置最好、最开阔的地方。

大概是我去得太早了，社团活动大楼里冷冷清清的，没有几个社团开门。篮球社自然也是大门紧闭，没有一个人在。我耐心地拿着已经填好的报名表在门口等待，顺便低头看了看腕上的手表。

比起网上写的社团招新时间，确实早了半个小时。

我撇撇嘴，有些不安分地到处乱看。

可惜这个活动室的窗户开在墙面很高的位置，以我的身高根本看不到里面有什么。

无奈之下，我只能百无聊赖地靠在门上发呆，思绪飘到昨天和巴斯戴乐讨论的问题上面。

林泽亚喜欢的女生的样子？

说实话，这还真是一个让人头疼的问题。

如果在林泽亚和林晴交往之前，在学校打听这件事，说不定还能知道答案。可是现在呢？学校的女生们都像是被林泽亚洗脑了一样，以为林泽亚是一个不注重外表、只看重内心的人。这种情况下到处打听，得到的答案一定千奇百怪。

一想到林晴，我就忍不住怒火中烧。

那小子肯定一早就算计好了，知道林晴性格柔弱善良，就算被欺骗利用了也只会忍气吞声。结果现在好了，人家都受伤了，他还在享受学校那些花痴的赞美和爱慕。

什么男神？哼！

我有些烦恼地想着，完全没有发现自己面前不知道什么时候已经站了一个人。

良久，一个略带迟疑的声音将我从思绪中拉出："这位同学，不好意思，你挡住门了。"

我被这声音吓了一跳，来不及看面前是什么人就直接往旁边走，同时开口道歉："不好意思，不好意思，我不是故意的。"我一边道歉，一边偷偷抬起眼皮望着面前的人。

面前是一个长得很没有特色但是身材魁梧的男生，他一只胳膊下面夹着一个篮球，另外一只手正拿着钥匙开门，额头上还闪烁着晶莹的汗珠，一看就是刚打完球从操场回来。篮球社的人果然都很拼，这么早就来学校练习了。

我暗暗地吞了一口口水，刚想说话，他却在打开门后望向了我："这位同学，请问你有什么事吗？"

我连忙将手里的报名表递到他面前，清了清嗓子，一本正经地说道："我是来报名加入社团的！"我的语气带着恳求。

"你是今年的新生吗？"他疑惑地问道。

"呃，这个……"我犹豫了一下，脑子里快速将这句话分析了一遍。

篮球社帅哥多，肯定会有一大群花痴的女生跑来报名，我要怎么才能抢占先机呢？

我咬了咬牙，在心里做出一个重要的决定，然后回答道："对啊对啊，我是新生。听学长学姐们说篮球社是个很不错的社团，能够很好地锻炼社交能力和工作能力，所以我希望加入篮球社，以后和大家一起为学校的荣誉做出贡献。"

他摸着下巴若有所思地打量了我一会儿，然后勉强地点点头："行吧，看在你这么早就来排队的分上，报名表给我，一会儿就不用参加社团面试了，我给你开个后门。中午吃完饭再过来报到，到时候要开一个社团新成员的会议。你现在可以先回去上课了。"

他的话让我眼睛一亮，立马精神振奋起来，我嬉皮笑脸地说道："好的，长官！那我先走了！"说完我转过身朝大楼外面走去，脸上都快笑开了花。

还以为会很艰难呢，没想到这么容易就办成了。

看来，"早起的鸟儿有虫吃"这句话是真理啊！

2

下午的社团会议开完后，还签了一个社团协议书，然后我就成了篮球社的一员。

早上遇见的人果然很照顾我，直接让我当了篮球社经理。这名字多威风啊，经理，经理，不就是领导级别的人物吗？

我得意扬扬地准备去找人炫耀一番，结果几天过后，我就发现事情跟我想象的完全不一样，根本没有我想的那么美好！

而且篮球社经理……这是什么玩意，敢情整个篮球社除了社长、副社长以及普通社员，其他都是经理？而经理也就是名字好听一点，其实根本就是打杂的，不仅要在社员培训的时候在旁边呐喊加油，还要负责买水、洗衣服。

一想到那些男生打完球脱下来的臭烘烘的球衣，我就一阵反胃。

我忍不住找到那个让我加入社团的男生想要问个清楚，他却摊了摊手，一脸"关我什么事"的表情，还义正词严地说道："你自己回去看一下篮球社的协议，上面都写得清清楚楚。你签协议的时候不仔细看，现在却来找我兴师问罪，我也没办法。"

我不得已回去找到被我揉成一团差点当成垃圾丢掉的协议，一看，几乎气炸了。

这根本就不是什么协议，完全是卖身契。上面写着我必须无条件服从篮球社成员的任何命令，并且不得有丝毫抱怨。而且，进了社团以后，一年内不允许退社！

我越看越头大，把满是褶皱的协议又揉成一团直接扔进了垃圾桶，然后抓狂地大叫着，想要发泄一下心中的愤怒："林泽亚，我一定要让你好看！一定要让你好看！"

生完气，又该怎么办？

这协议是我自己签的，要怪也只能怪我向来大大咧咧，签协议的时候从来不看内容，现在完全沦落到自己把自己卖了还要给别人数钱的地步。

事已至此，还能有什么办法，只能快一点找到林泽亚的有关资料，然后就打死不去篮球社。不让退社就不退，不去就行了，难不成他们还能天天来教室门口堵我？

这么一想，我安心了许多，但心情还是不太好。

在篮球社又待了好几天以后，我发现除了我，别的经理都很享受这份工作，就算整天忙得停不下来却一点都不抱怨。如果不是知道她们是为了看帅哥才这么拼，我一定会觉得她们简直就是榜样，是楷模！

为了不让篮球社的成员看出我的不情愿，我只好把所有闷气都往肚子里吞，表面上还是很勤快地忙里忙外。这不，我刚从食堂打包了二十份饭回来，大包小包地分了好几次才全部搬到操场上，对着场地上打球打得正激烈的一群人喊道："快过来吃饭！"

早就到了吃饭时间，我这么一喊，刚才还为了抢球争得你死我活的人立马球也不管了，直接朝我跑了过来。

"开饭啦！"

"饿死我了，饭总算来了！"

"还以为都跟神仙一样不用吃饭呢。"我嘀咕了一句，然后摆了摆手冲他们喊道："都不要挤，不要挤，全部在这里排队，一个一个来！"

不愧都是受过专业训练的，我话音刚落，刚才还你推我挤的一群人"唰"地一下在我面前排成了一列，笑嘻嘻地讨论着刚才那场分组训练的细节。

我一个一个发着饭。

不知道是不是被惯坏了，这些人拿了饭连声谢谢都不说直接就走了。我一边暗自不爽，一边面无表情地想要快点结束工作回屋子里去吹空调。

发到最后一个的时候，那人接过饭轻声说了句"谢谢"。我一愣，抬头却对上了林泽亚的脸，瞬间，刚产生的一点好感消失殆尽。

我恶狠狠地瞪着他，直到他略带疑惑的声音在我耳边响起："同学？"

我这才发现自己虽然将饭盒递了过去，却紧紧抓着饭盒不让他拿走。他这么一喊，我立刻松手，干笑了两声，违心地说了一句："不好意思，学长太帅让我走神了。"

说完这句话，我真想大吐特吐。

他却像是早就听惯了这种话，有风度地扬起一丝笑容，说了一声"过奖了"，就拿着饭盒转身走了。

直到他走远，我才开始收拾装饭盒的袋子，一边忙碌一边吐槽："林泽亚，你也太会装了，真不知道那些女生眼睛是不是瞎了，居然把这么虚伪、爱装清高的人当成男神……"

我将塑料袋收拾好后，丢到了旁边的垃圾桶里，然后拿着自己的饭盒找了一处树荫，坐下准备吃饭。这时，那边的社员已经吃完饭，开始热身，为下午的比赛做准备。

现在正是中午太阳最火辣的时候，空气中没有一丝风，我就算是坐在树荫下没有被太阳直射却还是汗流浃背。

再看看篮球场上那些训练的人，他们脸上挂着晶莹剔透的汗珠，衣服已经被汗水打湿，显出大片大片的水渍。

今天是这周唯一一次全天训练，上午是分组训练，下午是模拟比赛。这不，刚吃完饭，一群人已经聚集在一起聚精会神地听裁判讲这次比赛的规则。

我一边往嘴里扒着饭，一边远远地望着他们。

根据这段时间的观察，这种全天训练，社团活动室是不会留人的，这也是我仅有的回社团活动室找林泽亚资料的机会。

想到这里，我三下五除二地吃完饭，趁着没人注意，猫着腰沿小路偷偷往操场外面走去。

哼，林泽亚，你就等着瞧吧，你现在道歉已经来不及了，等本姑娘找到了你的资料，嘿嘿嘿……

我快速回到了社团活动室，果然门是锁着的，没有一个人。我开门进了屋，转身把门反锁，然后快速进了休息室。

成员的休息室是一间大屋子，而社长和副社长单独有一个办公室，办公室的书柜里堆着整个社团的资料。

因为社团一直没有发生过失窃事件，所以大家警惕性并不高，办公室的门有锁，却为了方便大家进去拿东西从来没有真正锁上过。我径直进了办公室，打开书柜，一个文件盒一个文件盒地看了起来。

负责资料收纳的人也真是的，文件盒上居然不贴标签。

"这是什么办事态度？"我双手叉腰，望着面前一大堆一模一样的文件盒，没好气地嘟囔了一句。

现在好了，光靠外观也弄不清里面装的是什么，我不得不把盒子拿下来一个一个打开看，这样增加了很多工作量。

我瞥了一眼墙上的钟，还好现在时间尚早，比赛刚开始，一时半会儿不会有人回来。

想到这里，我干脆把柜子里的文件盒都抱了出来，全部堆在地上，然后蹲在地上一个一个翻了起来。

原本干净的地面被我堆得全是东西，我整个人都几乎要被文件盒淹没了，却无暇去管其他，只顾埋头狂找。

寂静的屋子里只有我翻东西的声音。

不知过了多久，直到我都要掉眼泪了，仍一无所获。我已经不知道用什么词语能够形容自己现在的心情了，这真是太让人悲伤了。也不知道社团管理资料的人到底是哪根筋不对，过期的资料也全部留着，已经不在社团的人的档案也全部放在一起。

我要是社长，第一个开除的就是他！

"啊啊啊！"我欲哭无泪，抓狂地挠着自己的头发，本就蓬松的头发被挠得跟鸡窝一样，"谁来救救我啊！"

我看着地上被我翻得一片凌乱的东西，恨不得以头抢地。

就在这个时候，屋子里忽然响起一个好听的男声："是谁在那里？"紧接着，门外传来脚步声，而且声音越来越近，吓得我浑身僵硬。

屋子里不是没有人吗？刚才也没听到开门声啊！那到底是谁在说话？这人是从哪里冒出来的？

毕竟是偷偷进来的，我吓得不轻，浑身发抖地扭过头朝门边望了过去，正好对上一双黑漆漆的眼睛。

来人有着亚麻色的头发、白皙的皮肤、高挺的鼻梁、红润的嘴唇，明明整个人都散发着清冷的气质，却有一双过于明媚的丹凤眼。

继巴斯戴乐、林泽亚之后，我竟然又碰到一个大帅哥！

而这个帅哥，我刚好认识！

　　我们学院的前任校草霍启廉！《HONEY》（《甜心》）杂志的专属模特！在林泽亚没上位前，霍启廉一直是学院男生中人气第一的，但是因为他兼职做模特，在学院出现的时间比较少，所以慢慢地淡出了大家的视线。

　　但是我没想到今天会在这里碰到他。

　　此刻，他正站在门外，双臂环抱在胸前，眉毛微微皱起，视线紧紧锁在我的身上，轻启樱花般粉嫩的嘴唇冷冷地问道："你是谁？为什么鬼鬼祟祟地待在这里？"

　　"我……我……"我颤抖地开口，脑子一蒙，想也没想就直接抱起地上的盒子朝他猛地扔了过去，"你什么都没看到！"

　　霍启廉大概没料到我会突然朝他扔东西，想躲闪已经来不及了，被一大堆盒子砸了个正着。

　　只听见"砰"的一声，他往后倒去，手胡乱挥舞着想要抓住门框稳住身体，却抓了个空，然后头重重地磕在了地上。

　　一片混乱过后，屋子里又安静下来。大概是撞得太严重，霍启廉躺在地上一动不动。

　　"我……我……我该不会是杀人了吧？"

　　我胆战心惊地快速跑到他身边，将手放在他胸口一摸，确认心脏还在跳动才松了口气，然后我将他翻过身来，摸了摸他的后脑勺。

　　没出血，应该没大事。

　　可是……可是他刚才已经看到我长什么样了，要是说出去，我岂不是在篮球社待不下去了？怎么办，怎么办？资料还没有找到，我不能被赶出篮球社！

　　我急得直跺脚，一时间也想不出好办法，脑海里忽然浮现出了巴斯戴乐的身影。

　　我连忙掏出手机打电话过去，火急火燎地跟他讲了一下现在的情况，让他快点过来。

　　挂断电话后，我也没心思再找资料了，先把昏倒的霍启廉拖到休息室里的沙发上躺下，然后回办公室里收拾东西。

　　我迅速将办公室打扫干净后，巴斯戴乐恰好赶到。把他放进来后，我又确定了门是锁好的，才将他拉到沙发边，指着上面昏倒的人说道："我刚才找资料的时候被他看到了，一不小心就把他打晕了。"

　　"米苏，你好厉害，这么大个男生也能被你打晕！"巴斯戴乐的重点完全不对，反而崇拜地望着我夸奖道。

　　"这是意外！"我一口咬定，"好了，别废话了，你快点帮我看看他怎么样了，不要得了脑震荡，我可赔不起医药费。"

　　"怕什么，有我在，死人都能救活！"他自信满满地说，卸下背着的大包，从里面掏出一大堆乱七八糟的东西——针筒、针灸用的银针、氧气面罩、心脏起搏器……

　　这都是些什么啊！

　　我呆若木鸡地看着他把东西一样一样拿出来，全部堆在地上，结结巴巴地问道："你，你，你这是去医院打劫了？"

　　"我这么玉树临风、风流倜傥，还需要干那种事吗？"巴斯戴乐不满地哼了两声，"像我这种大魔法师，可是有心想事成的能力哦！"

　　"看上去很专业的样子。"我惊讶得嘴巴张得大大的。

他一被夸，更加得意起来："那当然。昨天晚上我正好看到一个节目，讲的是紧急救护、心脏复苏和人工呼吸，没想到今天就派上用场了。"

"原来还没实践过……"我额头冒出冷汗，直直地看着他。

这家伙到底是来帮忙的，还是来捣乱的啊？他该不会是上天派来恶整我的吧？

"现在不就可以试试了吗？"

巴斯戴乐兴奋得俊脸都仿佛放光了，他从一大堆工具里拿出一个我不认识的玩意，就要往双眼紧闭躺在沙发上的霍启廉身上用，我连忙伸手拦住了他："等等，停停停！"

"怎么，你不相信我？"被我这么一阻拦，他立刻撇了撇嘴，委屈地睁大眼睛望着我，那模样让我一下子失了神。

"不是，不是。"我连忙摇头，努力维持清醒，"他刚才已经看到我长什么样子了，要是你就这么让他醒过来，那我们的计划岂不是泡汤了？到时候他把这件事跟社长一说，我就死定了。但是如果他醒不过来，我的麻烦就更大了，可能会被警察抓走。"想到这里，我的肩膀抖了抖，语气变得有些沉重，"我还这么年轻，我不想坐牢啊！"

"那要怎么办啊？"巴斯戴乐挠了挠头发，有些为难地皱起了眉头。

就在这个时候，我目光望向之处，霍启廉原本紧闭的眼睛忽然睁开了，他一脸迷惘地望着我们，伸手想要去摸后脑勺，嘴里含糊地说："头……好疼。"

怎么就醒了？完全没有预料到会发生这种变故的我吓得傻了眼。

而下一秒，巴斯戴乐直接将手里拿着的东西朝霍启廉一扔，随着"砰"

的一声，刚醒来的霍启廉再次被砸晕过去。

"真的不会出人命吗？"我小心翼翼地伸手试探了一下，确认霍启廉还活着后，那种紧张感还是消除不了。

一旁的巴斯戴乐不高兴了，委屈地说道："怎么办，我把他打晕了。"

明明应该是惊慌的语气，但他脸上浮现的是"似乎很有趣"的神情，然后他又说："都怪你，我本来是过来帮你救场的，现在变成从犯了。要是他真的出了什么问题，我岂不是要和你一起被拘留？我还这么年轻，还没女朋友，还有好多事情没做……不行不行，我一定不能被抓走。"

"所以你现在快点想办法帮帮我啊，都什么时候了，你还有闲心东拉西扯。有没有能让他醒过来但是失去刚才那段记忆的办法？"

"失去记忆的办法？我想想……"巴斯戴乐伸手托住下巴，陷入了思考。

时间一分一秒过去，我紧张地盯着他，心里越来越没底。

忽然，他眼睛一亮："我想起来了！"

"什么？"

"我在一本书上看到过，重击人的脑部，可以导致人脑积血而失去记忆。要不我们试试？"

"你开什么玩笑！"我连忙尖叫着阻止了他，"能不能靠谱一点啊，这样真的会出人命的。你的魔法呢？你不是魔法王子吗？你就不能用魔法消除他的记忆吗？"

"魔法？"巴斯戴乐的脸上露出一丝为难的表情，"我还是实习魔法师，魔法用得没那么娴熟……好吧，也没别的办法，那我们试试吧。米苏，你那里有没有甜点？我需要甜点。"

"甜点？"我转身跑进休息室找到自己扔在那儿的书包，在里面掏了半天，才掏出一块上次吃剩下的蜂蜜糕，转身塞进他手里，"这个行不行？不对，不行也得行，没有别的了。"

"行行行，你现在听我的话，我喊你做什么你就做什么。"

我点点头。

"好了，魔法要开始了！"

一直吊儿郎当的巴斯戴乐脸上的表情总算变得正经起来，他口中念念有词，星星点点的光从周围的空气里聚拢，然后落到蜂蜜糕上，就好像雨点掉进了池塘里，一下子就不见了。

巴斯戴乐把蜂蜜糕还给我，然后打了一个响指，手里又突然凭空冒出一根布条。

我狐疑地看着他，就见他用布条小心翼翼地将自己的眼睛蒙上，然后用低沉的声音说道："现在你将这块蜂蜜糕吃掉。"

有了上次青蛙王子马卡龙的经历，听到他让我吃蜂蜜糕，我不禁犹豫起来。

"快点吃啊，一定要在他醒来之前吃掉！不然我们就完蛋了！"巴斯戴乐催促着。

我飘忽不定的目光最终落在了沙发上安静躺着的一动不动的霍启廉身上。是啊，米苏，你在犹豫什么，不吃就等着完蛋吧！

为了作战计划，我鼓起勇气一口气将蜂蜜糕塞进了嘴里，胡乱咀嚼了两下就吞进了肚子里。

051

"嗝——"因为吃得太急，我打嗝了。我一边拍着胸脯，一边问："我吃完了，接下来怎么办啊？"

巴斯戴乐冲着我解释道："刚才我已经在蜂蜜糕上施了魔法，现在这个蜂蜜糕有了一个新的名字，叫'白雪公主蜂蜜糕'。吃了蜂蜜糕的人能够拥有白雪公主的力量。"

"白雪公主的力量？"我重复了一遍他的话，"白雪公主不是一个被皇后追着到处逃命的、柔弱的、手无缚鸡之力的女子吗，能有什么力量？难不成是变白？哈哈哈……"

我被自己的话逗得哈哈大笑起来，一边笑一边问他："你不是施完魔法了吗，怎么还蒙着眼睛啊？快取下布条吧！"

话音还没落下，我的衣角忽然被人扯了扯，我下意识地转过头朝旁边望去，目光正落在沙发上。

霍启廉再一次醒了过来，如雕刻般的五官此刻没有了平日拒人千里之外的清冷气息，而是显出一丝柔弱，一双迷离的眼睛里流露出懵懵懂懂的目光，锁定在我身上。

要不是现在我还处于做贼心虚的状态，被他这么注视着，不心花怒放、神魂颠倒才怪。

可是现在的我根本来不及想那么多，脑子里乱糟糟的。

怎么这么快又醒了？

这家伙是小强吗？生命力这么顽强！

我惊慌失措地想要再找东西弄晕他，却猛然被他伸手抱住，差点身体一个不稳朝前面扑了过去。

下一秒，一个声音在寂静的屋子里响起："公主殿下，我愿意为你付出我的一切。"

霍启廉紧紧地抱着我，眼神是那么的坚定和真诚。

这……这……这是怎么回事？

我求救般地望向一旁的巴斯戴乐，正看见他取下蒙住眼睛的布条，冲着我耸耸肩："现在你知道为什么我不取下布条了吧。白雪公主蜂蜜糕的魔法功效是召唤小矮人。第一个与吃下这款魔法甜点的人对视的人就会变成公主的小矮人，为公主鞠躬尽瘁，死而后已。"

我双手抱头，有点难以接受这个奇怪的设定。

我竟然成为了白雪公主，而学院的前任校草、气质冰山王子成了我的小矮人？

但是……

霍启廉似乎确实已经忘记了刚才看到的事情，就像被洗脑了一样，变得无比听话。

"公主，是不是这个人对你无礼，让我来守护你！"

霍启廉看到我皱眉头，似乎误会了什么，从沙发上猛地一下跳起来，站到了我和巴斯戴乐的中间，手仍然紧紧地抱着我。

"呃，不是的……他，他是我的朋友，那个，你先松开……"我红着脸哄他，让他松开了抱住我的手。

被这么一个大帅哥抱着，想不脸红都难啊！

不过，巴斯戴乐的魔法也太厉害了，不但让霍启廉忘记了之前的事，还成了忠诚追随我的小矮人。

因为霍启廉醒了，我不好当面说，只好用眼神示意。

还好巴斯戴乐与我心有灵犀，似乎明白了我的夸奖，得意地扬起嘴角，眨巴着眼睛，好像在说："我巴斯戴乐就是这么厉害！"

我低头一看时间，糟糕，竟然已经过去这么久了。

"我们不要在这里聊天了，快离开吧，被社团的那些人撞见，麻烦就大了。"

我急匆匆地跑回休息室拿起书包，然后拉着巴斯戴乐就往门外走。出了活动室反手关门时，我发现霍启廉也跟着一起走了出来。

"呃，巴斯戴乐，现在怎么办？"

走出社团活动大楼，我本来想偷偷摸摸溜出学校，可现在身边跟着前任校草，这么一个大帅哥就像个发光体，吸引着所有人的目光。

"快看，两个大帅哥……"

"那不是霍启廉吗？他今天竟然出现了！超级大惊喜啊！旁边那个女生是谁啊？霍启廉学长从来没跟女生这么亲近过！"

"哇，我喜欢另外那个……"

我看到巴斯戴乐在察觉到那些女生的目光后，立马挺起了胸膛，步伐也迈得更有力了。

"他看我了，看我了！啊啊啊，等下我一定要去买有霍启廉照片的杂志！"

"有个好碍眼的存在啊……"

"有点眼熟，那个女生……"

"就是……"

"她是……"

……

托两个帅气男生的福，我米苏竟然成了万众瞩目的人物，一路都被人指指点点，让我恨不得找个地缝钻进去。

巴斯戴乐却还找机会朝我挤眉弄眼，似乎很享受他的魔法带来的效果："有一个帅哥当小跟班的感觉怎么样，是不是觉得很不错？"

"不错你个头啊！"我没好气地说道，恨不得插上翅膀飞出去。

总算走出了学校，议论这才稍微消停了一点，霍启廉却还是紧紧跟着我，一副忠心耿耿的骑士模样，似乎要跟我回家。

我急了，扯着巴斯戴乐嚷嚷："他怎么像牛皮糖一样不走了？我要回家啊，总不能让他这么一直跟下去吧？要不你帮我拽着他，我先回去？"

"好吧……"巴斯戴乐点点头，伸手抓住了霍启廉的手。

霍启廉本来就处于精神恍惚的状态，刚才还被打昏了两次，被这么抓着，虽然下意识地想要反抗，却还是没能敌过巴斯戴乐的力气。

"公主，公主，你不能一个人走……"霍启廉激动而急切地喊了起来，那双迷倒无数女生的眼睛里此刻只有满满的担心。

"对不起，霍启廉同学……"

把你弄成这个样子也是没办法的事啊！

趁着霍启廉被牵制住，我连忙拔腿就跑，直到回头看不到他们的人影了才放慢脚步。

这魔法蛋糕的效果，真让我不知道该如何评价啊！

不过好歹甩掉了中了魔法的霍启廉，只要他不恢复记忆，一切都好办。

可惜的是，林泽亚的资料我还没有找到。

❤

3

第二天，我到了学校后才发现，昨天我真是想得太天真了。从我刚走进校门看到等在门口的霍启廉起，就预示了我今天的悲惨遭遇。

果然，霍起廉看到我之后，那双漂亮如琥珀般的眸子闪闪发光，他一言不发地又开始了跟随行为。

我仿佛多了一个甩不掉的小尾巴，走到哪里，他跟到哪里，除了还有点理智，没有跟着我去洗手间外，其他时候简直阴魂不散。平时存在感为零的我，现在回头率居然高达百分之百。当然，也有可能那些人的视线直接略过了我，望向的是我身后的人。

不过……

"唉！"

我趴在课桌上唉声叹气，不知该如何是好。而后面那个原本没人的座位现在也被霍启廉这只大号跟屁虫占据了。

现在是课间休息时间，教室里人却不少，前面有几个女生正偷偷朝我这边看过来，叽叽喳喳地议论着。偶尔我抬起头朝她们看过去，她们就连忙偏过头想要躲开我的视线。

不用听，我都知道她们在议论什么。

那样的话，今天我听过太多遍了，无非是说学校的前任校草竟然跟我这种普通的女生在一起了。我先前还试图解释，可是比起我无力的解释，大家显然更相信自己的眼睛。

别人要不是跟你在一起，干吗时刻跟在你后面？又不是被强力胶粘上了扯不开。还解释什么，解释有用，还会有这么多舆论存在吗？

我干脆直接闭口不提这件事，他爱跟着就跟着，反正事情都这样了，只要他不恢复记忆，把我在社团活动室里翻找资料的事情抖出来就行了。

我还是照常上课，然后去篮球社打杂，准备等待下一个全天训练日，再找机会潜入活动室翻找资料。

又是一个下午的训练。

训练场永远十分热闹，除了中间在打篮球的社团成员，周围还围着一圈看热闹或者看帅哥的女生。

每次这种时候，我就被副社长安排站在女生群里，装作是路人，双手做喇叭状放在嘴边，用激动兴奋的语气大喊："哇，好帅！"然后还要大声尖叫，表达自己的激动。这样既满足了社团成员的虚荣心，又造成了篮球社男生很抢手的假象。

虽然我对于这种事实在是很不齿，但是因为那张如同卖身契的协议，我不得不照着副社长的吩咐做。

结果久而久之，我就从一开始喊句话还需要酝酿大半天，声音颤抖，嗓门也小，变成现在睁着眼睛说瞎话，眼皮都不抖一下。

果然，人还是练出来的。

可这只是以前啊！那时候我还是学校里一个默默无闻不起眼的小女生，就算我每天都站在这里装路人大喊，别人也不会注意。可是自从霍启廉开始天天尾随我以后，我瞬间成了学校的名人，每天都要受到无数目光的洗礼，快要练成奥特曼那样的金刚不坏之身了。

副社长不得不取消了我的这份工作，让别人顶替，然后，他一副便宜了我的样子，将社团所有跑腿打杂的事全部交给了我。

然后事情就变成了社团成员在训练，我在买水；社团成员在训练，我在洗衣服；社团成员在训练，我在打包盒饭……

为了避免霍启廉给我造成更大的麻烦，害得我连篮球社都待不下去，我只好克服羞耻心，假扮公主，命令霍启廉回家休息一天。

这样天天在学校里跑来跑去，我这么多年积累下来的体重哗啦啦地减轻。

这不，下午我吃力地抱着刚从学校小卖部买回来的一件冰镇矿泉水来到操场上，招呼了一声那群训练间隙正在放松休息的社团成员："你们要的水来了！"

炎热的夏天本来就容易口渴，更何况是在这样高强度的训练过后，一群人听到我的话立刻拥了过来，快跑到面前的时候已经不用我强调了，乖乖地排起了队。

我弯腰将箱子打开，拿出几瓶水开始发放。

就在这时，林泽亚忽然走到了我身边，也弯腰拿起了几瓶水帮我分发给队员们，一边发还一边转过头笑着说道："米苏，你搬这么大箱水过来，累了吧，要不我帮你发水，你先回去休息吧？"

"啊？"

他这是吃错什么药了？

我狐疑地看了林泽亚一眼，却想不出个究竟，只能选择性地无视了他，拿着水继续发。

林泽亚没有在意我的沉默，继续帮我发水。

发到最后一个人的时候，我才发现水竟然不够，我傻眼地看着已经空空如也的箱子和最后一个没有拿到水的人。

果然，等排到他发现没水的时候，那人脸上立刻出现了不悦的神色，开口指责我："你搞什么啊，都在社团待了这么久了，还不知道有多少人吗？买个水这么简单的事情也办不好！"

"明明刚好啊。"我挠挠头嘀咕了一声，又翻了翻纸箱，里面确实什么都没有了，"怎么会不够？"

"什么怎么可能，不够就是不够。女人就是麻烦，这么简单的事情都办不好。买个水都做不好，你还能做什么？"那人得理不饶人，更加恶狠狠地说道。

"对不起，我一会儿给你去买……"我忍住火气，开口道歉。

"蓝祥，你冷静点。"

就在这个时候，林泽亚忽然走了过来，将自己手里还没喝过的矿泉水递给了那个恼火的社员，温和地说道："口渴就先喝我这瓶吧。人家小姑娘大老远买水过来也不容易，你这样说就不好了。"

"队长，那你喝什么？"

那人迟疑了一下，林泽亚却已经将水直接塞进了他手里，拍了拍他的肩膀。

林泽亚的行为让那人有些惭愧地低下了头，他对着林泽亚说了声"谢谢"，然后拿着水转身朝篮球场走去，留下我和林泽亚面对面站在原地。

"他刚才说的那些话你不用在意。米苏，你做得很棒。"等那人走远，林泽亚才开口，目光注视着我，流光溢彩的眸子里漾着奇异的光芒。阳光将他的身影投射在地面上，拉得老长老长。他双手揣在裤兜里，帅气地扬起一丝笑容，眉毛轻挑。

不得不承认，林泽亚确实很帅，而且刚才的一系列举动也带着迷人的温柔。

可他越是这样，我越觉得恶心。

虚情假意的伪君子，就知道装模作样，别人不知道你是什么样的人，可是我米苏知道。

我恶狠狠地在心里想着，脸上却还是保持笑容，礼貌地说道："是我自己疏忽少买了一瓶水，还要谢谢学长帮我解围。欠你的这个人情，我以后会还的。学长如果还有事就先去忙吧，不用管我。"

"那好，我先过去了。以后如果有人欺负你，你可以告诉我，篮球社是讲道理的地方。"

他点点头，像是突然想到了什么，又问了我一句："今天怎么没看到霍启廉同学跟着你？你们不会是吵架了吧？"

"他有事情……不过，我跟他不是你们想的那种关系……"

"呵呵，我明白的。不过，米苏，如果你是担心社团里的人对你们的事有什么意见，大可不必。我看霍同学似乎对篮球也挺感兴趣的，跟着你来了我们篮球社那么多次……"林泽亚脸上挂着温和的笑容，似乎才想到一般，说，"其实，你可以让霍同学也加入我们篮球社，这样就都是自己人了。"

"呃，那个，霍启廉同学的时间不是很稳定……"当然，即使他时间稳定，我也绝对不会帮忙。无论中了魔法还是没中魔法，霍启廉对我来说都是一枚定时炸弹。

"呵呵，那个没关系嘛！我打听过，霍同学在我们学院网球社也挂名了，他不用像其他社员一样参加规定的活动，可以自由支配时间……我们篮球社也可以的。米苏，这样的话，你们相处的时间也多了。"

"呃，你的提议我会转告霍同学的……"我抿了抿嘴唇，敷衍地应答着。

林泽亚这才带着满意的笑容离开。

我狐疑地望着他的背影，想不通他为什么突然对我示好，又让我劝霍启廉加入篮球社。

直到社团活动结束后，我找其他人打听了一下霍启廉挂名网球社的事，才抓住了林泽亚这个伪君子的狐狸尾巴。

原来，霍启廉家里是经营体育用品连锁店的，而且他们家的店还比较有名气。霍启廉挂名网球社后，家里的企业为那个社团提供了大笔物资和资金赞助。

想通这些后，我深深地吸了一口气，手握成了拳，指甲深深掐进了肉里，有些疼痛，却时刻提醒着我不要忘记自己的计划。

林泽亚啊林泽亚，你真是好心计。

之前的出手相助，不过是为了利用我去劝说霍启廉加入篮球社，好给他负责的篮球社引入大批物资和资金赞助。

如果换成一般女生，说不定早就被他骗了，乖乖地任由他摆布操控。

可惜，我是米苏。

我不会是第二个林晴。

林泽亚，咱走着瞧！

第三章

睡美人苹果派

SWEETY ALWAYS CHANGES

睡美人苹果派 ♥

甜点来历：以《睡美人》为灵感制作的一款甜点。苹果派最早是一种起源于欧洲东部的食品，不过如今它称得上是一种典型的美式食品。它有着各种不同的形状、大小和口味。形状包括自由式、标准两层式等；口味包括焦糖苹果派、法国苹果派、面包屑苹果派、酸奶油苹果派等。

魔法效果：魔法小王子的睡美人苹果派非常美味哦！吃了立马就睡，只有用吻才能唤醒哦！魔法持续时间为3天。

时间总是在你想让它过得快一点的时候慢得像蜗牛，又在不经意的时候悄然流逝，很快就到了第二天中午下课的时候。

林泽亚最近开始对我无事献殷勤。尽管这样，我还是没有办法弄到他的资料。难道我真的要假装接受他的示好，然后再从他身上去找信息？

不行不行，这种自甘堕落的办法绝对不可以！

　　我使劲晃了晃脑袋，将那些奇怪的想法从脑海中甩出去。

　　我心里为了这件事纠结不已，就连上午上课的时候都无心听讲，一直在思考怎么样才能加快进度。

　　下课铃一响起，我直接跳起来收拾好书包就往外跑。好在中午住得近的同学会回家休息，我背着书包也没引起太多人的注意。

　　很快，我就出了校门，乘车去找巴斯戴乐，想看看他有没有什么魔法能让我快速了解一个人。

　　巴斯戴乐家离我住的地方不太远，上次他为了方便我去找他还直接塞给了我他家的钥匙。

　　下了车我就直奔那栋危楼而去。我以前是多么害怕这栋随时会倒的楼啊，现在居然连想都没想就直接冲上了楼。

　　这一次他终于记得锁门了，我伸手敲了敲门。虽然有他家的钥匙，不过我还是不太好意思就这么直接进入一个才认识没几天的人家里。

　　没动静？

　　我趴在那扇闪亮的大门上，竖起耳朵听着里面的动静。

　　咦，不可能啊？

　　我心里满是好奇。他不在家，干吗去了？还是说在厨房里鼓捣他那些乱七八糟的甜点，没有听到敲门声？

　　我不死心地又敲了敲门，在门外耐心地等了好半晌，依旧没有等到人来开门，这才无奈地拿出手机给巴斯戴乐打电话。奇怪的是，电话也没人接听，他就像人间蒸发了一样。

　　我心里"咯噔"一下，突然生出了一种不好的预感。

在这种危楼里面，遇上什么想来过夜的流浪汉或者神经病的概率应该挺高的吧？那家伙还总不记得随手关门。

我的脑海中不自觉地浮现出巴斯戴乐横尸在他那脏乱的客厅里的画面。

不对不对，米苏，你胡思乱想什么，巴斯戴乐可是懂魔法的人，怎么会出事。

何况这么高大的一个小伙子，就算想对他下手，看看他那身材也该被吓退了吧。

我一边安慰着自己，一边编辑了一条短信给他发过去："我在你家等你，有急事，收到短信速回。"然后把早就拿在手里的钥匙插进锁孔，轻轻一转，门就打开了。

进了屋关好门，我这才伸了个懒腰去了客厅，将背上装满了书的沉重书包往身后的沙发一甩。

身后传来了沉闷的响声。

那声音怪怪的，像是砸在了软绵绵的身体上，我瞬间觉得毛骨悚然。

我绷直了背脊缓缓转过身往后望去，只见书包并没有落在沙发上，而是直接砸在了地上一个人身上。被这么沉重的东西砸中却没有发出呼痛的喊声，这也睡得太熟了吧？

不好的预感再次从心底浮上来，我来不及多想，直接跑过去将书包拎起来放到沙发上，定睛一看，躺在地上的果然是巴斯戴乐。

不知道他到底在这里躺了多久了，浑身绵软无力，那张帅气的脸现在一片惨白，毫无光彩。

我抓着他的胳膊使劲晃了晃，他却仍然双眼紧闭，没有一点反应。如果不是他的身体还是温热的，如果不是我还能感受到他的心跳，我大概会直接判定他死亡了吧！

"怎么办？怎么办？"我蹲在他身边，一脸凝重地望着他。

一个人住太可怕了，万一我这几天都没有过来找他，后果就严重了。现在要怎么办呢？不如叫救护车？

我从口袋里掏出手机，还没来得及按下电话号码，我就突然想到，这家伙是魔法师，那他的身体会不会和普通人不一样呢？万一到医院之后他们查出巴斯戴乐不是凡人，再把他拉去解剖，我的罪过就大了。

我有些害怕地收起手机，然后拉起他，将他的胳膊抬起来搭在我的肩膀上，费了九牛二虎之力才把他从地上搬到了旁边的沙发上。

做完这一切，我气喘吁吁、坐立不安地坐在了沙发上，紧紧盯着昏迷的巴斯戴乐，一只手撑着下巴，眉头紧紧皱了起来，努力在脑海中搜寻保健课上学的那些急救方法。

我尝试着模仿回忆起的方法，双手交叉重叠在一起，放在他胸口，压了下去。

一下，两下，三下……

没反应。

难不成已经变成植物人了？

我垂头丧气地缩回了手，垂下眼帘望着他的脸。

我头一次这么近距离地仔细看他。他的下巴很尖，是典型的锥子脸，脸部轮廓分明，刘海儿乱七八糟地搭在额前。那双平日里总是神采奕奕的眼睛现在却紧紧闭着，长而卷翘的睫毛微微颤动。

应该还是能感觉到疼痛吧？不然睫毛怎么会颤动呢？

我放弃了心脏复苏术，笨拙地伸出手掐他的人中。

还是没用！

不知道已经是第几次灰心了，我只觉得疲惫不堪，双手懊恼地抱着脑袋揉了揉本来就凌乱的头发，大叫了起来："到底要怎么办？谁来救救我啊！"

内心的咆哮完全抑制不住了，我的目光移到他放在一旁茶几上的手机上。

我立刻从沙发上跳起来去拿茶几上的手机，刚拿到手，屏幕就亮了起来，弹出一个电量不足的提示。也不知道他昏迷了多久，手机居然都快没电了。拿起手机触碰到那种冰凉的感觉时，我才发现自己紧张得手心里全是汗水。

我原地蹦了蹦，想让自己冷静下来，却适得其反，心里更加烦躁了。拿着手机愣了大半晌，我还是不敢叫救护车。我将手机放回原位，重新坐回了沙发上，唉声叹气。

到底还能怎么办啊，难道……难道我要给他做人工呼吸？

我绞尽脑汁都想不出更好的办法，只能无比哀怨地撇了撇嘴，慢慢凑近了他。他的脸在我面前无限放大，直到我的脸离他只有一厘米的时候，我突然停了下来。

他的呼吸无比温热，喷在我的脸颊上，让我感觉痒痒的。

我目不转睛地盯着面前这张尽管煞白却依旧英气逼人的脸，脑海里浮现出上一次见到巴斯戴乐时发生的意外。

这家伙……亲他一次也就算了，还来第二次，这真是让我有点无法接受。

虽然……虽然说上一次只是意外，这一次也只是为了救人，可是左思右想，这件事情在我心中还是一道难以跨越的坎，怎么也迈不过去。

我的内心就像有一团纠缠的耳机线，怎么扯都扯不开。越想越头大，我正想坐起来晃晃脑袋，让自己清醒一下，忽然，一个奇怪的声音传入了我的耳里，吸引了我的注意。

"吱吱吱吱——"

"嘎吱嘎吱——"

声音似乎离我非常近，近到我在脑海里都能描绘出那个不速之客现在的动作。我的身体变得僵硬起来，视线快速扫了过去，目光所落之处，一只灰色的小老鼠正抱着茶几的腿在啃，而旁边就是我的脚。

"啊——"

震耳欲聋的声音几乎冲破天花板。

我尖叫着想要缩回腿，却因为太着急一个不稳，脚下踉跄，往躺在沙发上的巴斯戴乐身上倒去。

下一秒，我的唇触碰到了一个湿湿的、温热而柔软的东西，那触感就像棉花糖，美妙得让人如同身处梦中。

我还来不及回味一番，面前原本不省人事的巴斯戴乐忽然睁开了眼睛，怔怔地盯着我。下一秒，我被他直接从身上推开了，一个踉跄，往后摔去。

我努力稳住了身体，转过头嗔怒地看着他，却见他迫不及待地坐了起来，一边整理衣服一边嘟囔着："米苏，你好重啊，压得我不舒服。"

"有这么说救命恩人的吗?"虽然不知道他是怎么突然醒过来的,但是这件事一定和我脱不了干系,一定!所以我立刻变得趾高气扬起来,双手环抱在胸前,站直了身体居高临下地望着他,有些狐疑地问道:"喂,你刚才该不会是睡着了吧?你是猪吗?睡觉睡得那么沉,我摇了你半天你都不醒。"

想想刚才在他身上做的那些动作,什么心脏复苏术、掐人中,哪个不是费了我九牛二虎之力,累得我浑身是汗?结果他倒好,一醒来就挤对我。

我不爽地撇撇嘴。

他却完全没有看见我脸上的阴霾,反而睁大那双迷蒙的眼睛直勾勾地盯着我,笑容灿烂得如同一朵花:"不是睡着了,是因为我不小心吃了'睡美人苹果派',所以陷入了长眠当中。刚才多亏了你,要不是你像王子一样亲了我一下,我就真的要睡上3天才能醒过来了!"

他的话音刚落,我就下意识地伸手抚上自己的嘴唇,脸颊的温度瞬间升高。

原来刚才那让人沉醉的触碰感来自他的嘴唇……

我的目光落在了他如花瓣般诱人的双唇上。

我努力想要移开自己的视线,却发现怎么都挪不动,整个人如同被施了定身咒一般。而脸颊也更烫了,我都能想象到此时自己的脸有多红。

为了不让他发现我的异常,我胡乱转移话题,也抒发了自己心中的不解:"睡美人不是沉睡了上千年吗,怎么会只有3天?"

巴斯戴乐有点不好意思地挠挠头:"虽然我的魔法的确是依照童话情节来设定的,效果也跟童话里面一样,可是持续时间还要看施法人的设定啦!

这种魔法，最长的时间设定就只有3天啊！"

"哦，原来是这样。"我若有所思地点点头，突然想起一个严峻的问题，"糟糕！"

"怎么了？"他不解地歪着头看向我。

"完了，完了。"我的脑海里浮现出了霍启廉的面容，急得直跳脚，"如果说你的这个魔法只能维持3天，那你对霍启廉施的魔法能维持多久啊？"

"7天啊！"他有些不解地看着我，完全不知道我在担心什么。

我虽然已经急得快说不出话来，却还是不得不耐着性子继续解释道："所以说如果他从魔法当中醒过来，就会想起那天我在休息室里翻资料的场面了。这事要是被捅出去，我还怎么在篮球社里继续待下去？"

他恍然大悟，一拍大腿从沙发上跳了起来："完了，你不说我都忘记这事了。明天就是第7天了，我们得再去延长一下魔法的时间才行。米苏，你快去厨房拿块甜点，我们现在就出发。"

见他总算开窍了，我连忙转身进了厨房找甜点。

一切收拾好以后，我们两个才出门，准备去找霍启廉。

2

要找霍启廉还不简单？

现在还在魔力生效时间范围内，霍启廉这块超级大的牛皮糖每天都要一直跟到我回家才肯罢休，中午还拿着自己的饭盒来和我一起吃饭。今天中午我为了找巴斯戴乐，是躲开了他，偷偷溜出学校的，他没找到我，肯定会一直在教室外面等着。

虽然说有了魔法作为基础，这是十拿九稳的事，但是为了不出意外，我和巴斯戴乐还是以最快的速度赶回了学校。刚到学校门口还没来得及进去，一张熟悉的脸就吸引了我的注意力——林泽亚？

他身边跟着一个少女，少女穿着一件白色的长裙，黑长的直发披在身后，身材高挑，让人眼前一亮。

这趟还真没白回学校，居然撞见林泽亚和其他女生约会。虽然从我这个角度看不到那个女生长什么样子，不过光从背影来看，怎么说也是校花级别的吧。

我的好奇心瞬间被勾了起来。

身旁的巴斯戴乐自然也注意到了这一点，在一旁阴险地笑着，伸手扯了扯我的衣服："米苏，我们快跟过去看看吧。"

我小鸡啄米般点了点头："走。"

顿时，什么霍启廉、什么魔法有效时间，全部被我抛在了脑后。

反正我进篮球社，不就是为了调查林泽亚喜欢什么样的女生吗？现在只要跟踪他，看看和他约会的女生是什么样子，一切就都解决了。到时候霍启廉就算回忆起来了，去篮球社告发我，我被爽快地辞退了，卖身契一样的协议也就不存在了。

我越想越觉得自己这个主意棒极了！顿时发挥出自己的侦探精神，猫着腰跟在他们身后，准备展开一场跟踪调查。

出了校门，他们两人就直接往市中心的方向走去。

我们不敢靠太近，怕被发现，太远又怕跟丢，更不可能直接跑到前面去转过头看，那样未免太明显了，只能努力忍住心中的好奇，期盼着少女能转过头来。可惜的是，一直跟了好久，还是看不到正面。而这么跟着也不知道他们要去哪里，我和巴斯戴乐有些无聊起来。

我一边走一边推了推他，指着前面一对人，小声说道："来来来，反正闲着也闲着，不如我们打个赌吧，赌他们去哪里？"

"带着这么漂亮的女生，肯定是去步行街逛商场啦！"巴斯戴乐摸了摸下巴，想也没想就得出了结论，"你看看那高挑完美的身材，给她买衣服是一种享受，你懂不懂！"说完，他还低头上下打量了我一眼，眼里多了一丝嫌弃的神色。

我跳起来给了他一个栗暴，没好气地说道："看什么看，没见过美女吗？"

他有些委屈地揉了揉额头，一本正经地清了清嗓子说道："是的，没见过这么漂亮的，所以一不小心说话都不利索了。"

事情果然和我们想的一样，林泽亚和那个女生在下一个路口直接拐进了步行街。

上了步行街一切就好办了，步行街来来往往全是人，摩肩接踵，让人眼花缭乱。他们逛街，自然走得慢，一步三停，看看周围小店里面的东西。而我们一点都没有逛街的心情，直勾勾地盯着美女的背影这么久了还没看到正面，心里痒痒的很不舒服，上了步行街，闷头就往前面挤。

好不容易挤到前面一点的地方，我们俩找了个不起眼的角落藏了起来，这才踮起脚往后看。

结果——

在看到那个少女的面容的那一刻，我惊讶得下巴差点脱臼！

那……那根本就是霍启廉啊！

不不不，不能这么说。

那女生的脸比霍启廉稍微秀气一些，但是霍启廉本来在学校也是以花样美少年之称出名的，一直都是清秀白净讨人喜欢的模样，如果戴上假发套，再化个淡妆，看上去活脱脱就是个女生嘛！不，已经不是看上去了，面前的霍启廉衣袂飘飘，洁白的长裙将他衬得像天使一般。他的下巴轻轻扬起一个弧度，带着一丝冷漠的味道，嘴角微微勾起一丝笑容，又似来自千里之外。一双眼睛炯炯有神地直视前方，偶尔侧头和一旁的林泽亚说两句话。

确实是漂亮得让人惊为天人啊！

我忍不住咽了咽口水。

他就这样以这种形象出现在我面前，完全不给我准备的机会，可怜我的心脏受不了这种惊吓，险些停止跳动。

身旁的巴斯戴乐也没好到哪里去，一张帅脸都要扭曲变形了。他可怜兮兮地转过头来看着我，然后伸手指了指那边："米苏，我感觉我瞎了。"

我用手挠头，痛心疾首地说道："我也瞎了。没想到林泽亚居然是这样的人……"说到这里，我忍不住打了一个大大的寒战，"你说要是学校的女生知道这件事，她们该多伤心啊！"

巴斯戴乐煞有介事地说："你说这个霍启廉是不是有异装癖啊,打扮成这个样子,而且身材完全不输给那些火辣的美女啊!他胸前是不是塞了苹果?"

"变态!"我没好气地白了他一眼。

"这哪里是变态。"他委屈地说,"那肯定是苹果!"

"好了好了,正经点。"我瞥了他一眼,"我们还是别凑太近了,万一被发现了不好解释。霍启廉不是中了魔法,神志不清吗,怎么可能主动跟林泽亚走?会不会是林泽亚也给他施了魔法?"

"哼,你以为是菜市场买菜,谁都能施魔法?"巴斯戴乐不屑地哼了两声,"走吧,我们跟过去看看就知道是怎么回事了。"

"哦。"我有些不情愿地点了点头,跟着巴斯戴乐一起回到人群里,临走之前还有些不舍地又多看了几眼变装后的霍启廉,却发现很多经过他身旁的人也都侧头看过去。

美女就是引人注目啊!

我在心里又感叹了一声,才继续尾随活动。

在街上逛了一会儿以后,那两个人像是总算做好决定,一起进了一家百货商场,直奔顶楼电影院。明明不是周末,电影院的人却非常多,大多都是情侣。我拉了拉旁边的巴斯戴乐,让他跟我走近一点,也装作是情侣,想要掩饰自己的不自然。

我们一起躲在远处等林泽亚和霍启廉买完票以后,才去排队。

卖票的小姑娘像是新来的,动作特别慢,急得我直跺脚。好不容易才排到我们,我指着在另外一个柜台前买爆米花的两人说了一句:"看和他们一样的电影。"

小姑娘狐疑地看了我一眼，似乎有什么话想问，但最终还是忍住了。

电影还要过一会儿才开始放映，可是为了防止被发现，我和巴斯戴乐率先检票进场了。这是一个都市爱情故事。很多人说是去看电影，不如说是找个有氛围的地方约会。进入放映厅里时，灯是关着的，只有大屏幕亮着，我们两个走到最后一排靠边的位子坐下后，又开始打探起来。

不一会儿，林泽亚和霍启廉一起走了进来。

他们看起来好像没有吃午饭，刚才在外面买了不少吃的。只见林泽亚左手抱着一大桶爆米花，手指上还挂着一个袋子，里面装着饮料，右手拎着一盒比萨。身旁的霍启廉却双手垂在身侧，什么都没拿。

看着林泽亚那滑稽的模样，我喷喷了两声："真看不出来，这林泽亚还挺懂怜香惜玉的嘛，拎这么多东西也不怕打翻。"

话刚说完，让我更惊讶的事情发生了。他们两人走到座位边后，林泽亚竟然将椅子拉了下来，然后弯腰用纸巾细心地将椅子擦拭了一遍，接着才很有绅士风度地微笑着说了声"坐吧"。

我的嘴巴张成了O形，像被强行塞了个鸡蛋进去一样，半天都合不拢。

"这这这……林泽亚也被施了魔法吗？"就连一旁的巴斯戴乐也忍不住低声嚷嚷起来，"难道真的还有实习魔法师过来捣乱？"

我一把捂住他的嘴，偏过头将手指放在唇边："嘘，小声点。"

虽说离得那么远，林泽亚可能听不到，可是周围的人听到魔法之类的，肯定会觉得我们两个人有病。

还没等我们进一步讨论下去，电影已经开始了，我刚说了两句话就被旁边的一对情侣用目光扫射，不得不乖乖看起了电影。

3

电影总算在我的哈欠声中结束了，要不是巴斯戴乐一直在旁边叽叽喳喳地吐槽电影内容，我早就已经睡着了。

谢幕的同时，电影院的灯也打开了。我和巴斯戴乐缩在最后一排，一直等人都走光了，才急急忙忙跑了出去。

好在人没有跟丢。他们两个人买的一大堆吃的居然只动了一小部分，剩下的当作垃圾全部丢了，弄得还没吃午饭的我和巴斯戴乐好一顿抱怨。他们下了楼，却没有出百货商场，而是到了商场地下一楼的美食广场。

地下一楼都是性价比很高的平价小店，来这里用餐的基本都是学生。两人逛了一圈后，最终选择了一家装修精致的韩国年糕火锅店。店面不大不小，却装修得十分温馨，视野很开阔。最里面是厨房和前台，而外面有大大小小十多个座位。

现在已经过了吃饭的时间，店里只有几桌客人。

也就是说，如果我和巴斯戴乐跟进去，根本没有地方遮挡，完全暴露在了他们的视线里。

这根本行不通！

可是不进去，又怎么知道到底发生了什么呢？

眼看他们已经坐下了，我着急起来。巴斯戴乐忽然拉着我往一旁的饮料店里面走去。我刚想大喊一声"你要干什么"，又怕打草惊蛇，只能转过头怒视他。

他却不急着解释，直到进了饮料店才松开我，往外指了指："你看。"

我扭头一看，刚才明明已经坐下的两人却又走出了那家店。我不禁有些疑惑，说道："他们不是已经在点菜了吗？"

"我看见霍启廉看菜单的时候皱了皱眉。"

"所以你就猜他们会换家店？"我诧异地说道，"怎么会这么准？"

巴斯戴乐得意地抬起下巴："所以说你不懂啦，这叫细节观察，知不知道？你没发现林泽亚很听霍启廉的话吗？刚才看电影的时候，我就发现他一直在讨好霍启廉。"

"好像是哦。"我若有所思地点点头，"这林泽亚还真跟我们平时在学校认识的不像一个人，看来他在学校里面的样子完全是装出来的，为了掩饰自己其实喜欢……"

想到这里，我更为林晴抱不平了。

我只觉得一阵反胃，不愿意再多想下去，招呼一旁的巴斯戴乐一起跟上去。他们两人又琢磨了好半天，才犹犹豫豫地选了一家店解决了午饭。

先是看了一场两个小时的电影，吃午饭又磨磨蹭蹭了许久，结果等他们吃完饭再逛了逛街，天色已经暗了下来。这一路上除了觉得林泽亚跟变了个人一样以及霍启廉那让人难以接受的装扮以外，我们没有更多的收获。

我和巴斯戴乐都垂头丧气的，有些跟踪不下去了，但是又生怕如果这个时候打了退堂鼓，会错过一些东西，只能继续跟在后面。

逛完街，吃了晚饭，一天的约会总算结束了。林泽亚提着大包小包，和一旁依旧双手空空的霍启廉一起离开了步行街。

出了步行街，人一下少了许多，也没有那五颜六色的霓虹灯点缀。大路上还有川流不息的车辆，而小路上就只有零星几个散步的行人。道路两旁的路灯洒落一地昏黄的光，地面上是树木投下的阴影。

有了天色的掩护，我们跟踪得明目张胆。

两人大概就住在附近，并没去公交车站，一路往前走着。

跟在后面的我能看见林泽亚在不停地找话题想要活跃气氛，霍启廉却如同一个冰山美人一样，只是偶尔才回答两句，别的时候都任由他一个人叽叽喳喳地说个不停。

就连尾随的我们都不得不感叹，像林泽亚这样的大众情人，居然也有讨好别人的时候？

不知道过了多久，总算进了一个高档小区，到了一栋独立别墅前。

林泽亚将手里提的袋子递给霍启廉，又温柔地说了一句"回去好好休息"，才恋恋不舍地离开。

眼看着林泽亚走了，霍启廉背对着我们，似乎对手里的一大堆东西有些无奈。随后，他干脆将东西全部放在了地上，然后拿出手机打了一个电话。也不知道他在说什么，"嗯嗯啊啊"了几句以后又挂断了。

"就是这个时候，去施魔法！"巴斯戴乐递给我一个白雪公主蜂蜜糕，低声说道，"等会儿我喊他一声，你趁着他转过头来迅速出击。"

我点点头，立刻将视线从巴斯戴乐身上挪开，将蜂蜜糕一把塞进嘴里，然后从大树后面蹑手蹑脚地走了出去，一步一步靠近背对着我们，没有一点防范的霍启廉。

"霍启廉！"

果然，就在我走到霍启廉身后的那一瞬间，巴斯戴乐忽然大喊了一声他的名字。但让我奇怪的是，霍启廉一动不动，就像被人定身了一样，并没有转过头来看。

我被他的行为惹急了，干脆直接绕过他跑到了他的面前，在他错愕的目光下狠狠地瞪着他看了好几秒。面前的人原本清亮的眸子变得有些浑浊，刚才还孤傲的脸庞刹那间柔和了许多。

就在这个时候，又一声呼喊传了过来："霍启廉？"

我侧过头朝巴斯戴乐望去，刚想质问他干什么，却见他一脸恐慌地望着我身后。我转身顺着他的目光望过去，只见一个人颠儿颠儿地朝我跑了过来，活脱脱像一只哈巴狗。他跑到我身旁，努了努嘴有些不高兴地说道："今天中午公主跑哪里去了？我去找你吃饭，发现你不在教室。"

而那张脸，和我身旁的人几乎一模一样。只不过他的头发短短的，穿着一件T恤，笑起来的时候脸上还有两个小酒窝。

怎么会有两个霍启廉？难道是我出现幻觉了？

我一头雾水地扭过头看了看长发的霍启廉，又看了看短发的霍启廉，刚想伸手掐一下脸上的肉看看自己是不是在做梦，短发的霍启廉却突然对着长发女生喊了一声："姐。"

"这是谁？"我颤抖地伸出手指着长发女生问道。

"公主殿下，我忘记给你介绍了，这是我姐姐霍羽灵。"

"公主殿下，我忘记自我介绍了，我是霍羽灵。"

两个人同时回答道。

姐姐？

所以说这一下午我和巴斯戴乐其实都跟踪错了人？不仅这样，我们还把魔法施到了霍羽灵身上。看来刚才霍羽灵大概是因为袋子太多，提不动，所以才打电话叫霍启廉来拿吧。

我欲哭无泪地看着面前这一对一起变成了我的"小矮人"的姐弟，完全不知道应该用什么表情面对这样的场景。

我一步一步小心翼翼地后退着，直到拉开一定距离后才突然扔下一句"不好意思，我走错地方了"，然后转身叫上巴斯戴乐，拔腿就跑。

一直撒丫子跑到小区外面，我们两个才气喘吁吁地在马路边停了下来。我抹了抹额头的汗水，直接坐在了路边，唉声叹气，鬼哭狼嚎道："感觉任务好艰巨啊！本来只有一个跟屁虫要解决，现在有两个了！而且霍启廉的魔法明天就到期了！"

"米苏，你真的很笨啊！"巴斯戴乐撑着下巴，扭过头来看着我，半天才憋出一句话。

我也转过头怒视他，伸手就要去拧他的脸："你说谁笨？"

他快速躲开了我的手，从街边站了起来，叉着腰居高临下地看着我："就说你，笨蛋米苏！你居然还在纠结林泽亚喜欢什么样的女生。你没看到霍羽灵吗？又高又瘦的大美女。林泽亚当然喜欢大美女啊！只要你变成人见人爱的大美女，还担心他不上钩？"

"好像很有道理……"我点了点头。

刚才的事情弄得我有点糊涂，导致自己纠结了半天都还觉得林泽亚今天是在跟变装了后的霍启廉约会，把他当成了一个奇怪的人。

现在看来，既然他约会的对象是霍羽灵，那我就没什么好纠结的了。

虽然我不能变得跟霍羽灵一模一样，可是只要我变成一个大美女，他肯定会注意到我的。

想到这里，我也站了起来，握住巴斯戴乐的双手，郑重其事地对他说道："这件事就拜托你了，一定要让我变漂亮。"

他打了个响指："小菜一碟。"然后又加了一句，"明天你到我家来，我会帮你变漂亮的。哦，对了，这次来就不用带甜点了。"

"就这么说定了，不见不散！"

第四章
仙度瑞拉曲奇

仙度瑞拉曲奇 ♡

甜点来历：以童话《仙度瑞拉》为灵感做的一款甜点。曲奇的名字来源于英语Cookie，是一种口感细腻酥软的蛋糕式饼干。

魔法效果：一块曲奇就能让你完美变身，从灰姑娘变成王子爱慕的漂亮公主哦！变美效果十分强大，自带万人迷魅力特效，是非常抢手的一款魔法甜点！魔法持续时间为5天。

次日清晨，我有些疲惫地走进充斥着消毒水味道的医院。我低着头绕过大厅里的人群，去了住院楼探望林晴。

进了住院楼，喧嚣的声音远去，我找到林晴的病房，推门进去。林晴还在昏迷当中，也不知道什么时候才能醒，惨白的脸看上去让人心疼。她安安静静地躺在病床上，像一个没有生命的木偶一样。她会不会就这样永远沉睡下去呢？这个可怕的想法让我感到害怕。

我坐在她的床头，默默地凝视着她，看了好久好久，直到护士进来换点滴瓶，我才收回目光站了起来。

林晴，等着我，我一定会帮你讨回公道的。

我认真地对自己默念了一遍这句话，又帮她把病房整理了一下，给放在床头的花瓶换好水，插进刚买的那束鲜花，才离开医院。

对于我来说，生命迹象微弱的林晴就像是一剂强心针，坚定了我为她讨回公道的心。

出了医院后，我就直接去找巴斯戴乐。医院离巴斯戴乐家并不算太远，打的十几分钟就到了。昨天他特地叮嘱我不要带甜点过去，但是他又必须基于甜点才能施魔法，想必是自己在家里准备。

也不知道是什么特别的东西，才会搞得这么神秘。说实话我还蛮期待看到他这个甜点魔法师做的甜点的。然而，虽然很期待，可是对于每一次打开他的房门都会看到惊人画面这一点，我还是心有余悸。

算了，反正每次在巴斯戴乐家总是会看到奇怪的画面，也不差这一次了。反正兵来将挡，水来土掩，我的心已经被折磨了这么多次，早就变得坚强无比了。

做好了心理准备，下了车我就直奔巴斯戴乐住的那栋危楼，快速上了楼，掏出钥匙打开门，直接闯进去。

下一秒，我就尖叫了起来，大惊失色地问道："你在干什么？"

有句话叫：我以为我做好了十分的心理准备，事实却给我带来了一百分的惊吓。

空气里弥漫着一股焦煳味，刺鼻不已，让我一阵反胃。原本好好的屋子已经面目全非，客厅、厨房、餐厅的墙壁以及天花板都被熏得一片焦黑，看上去就像刚刚经历了一场大爆炸一般，就连家里的木制家具也被烧出了奇怪的花纹。

尤其这是夏天，一进屋子我就感觉一股热气迎面扑来，让我几乎掉头就跑。

我努力按捺住这种想法，偏头环视着周围，越看越觉得自己整张脸上的表情都扭曲了起来。

大概是察觉到我来了，厨房里面又传来一阵奇怪的声音后，巴斯戴乐总算从厨房里钻了出来。这个始作俑者也好不到哪里去，原本白皙的皮肤被熏成了黑色，活脱脱像一只炭火烤鸭，就连眉毛都被烧没了。

他一手举着铲子，一手举着平底锅，脑袋上还歪歪斜斜地戴着厨师帽，身上系着的白围裙也一片乌黑。看到我来了，他有些委屈地撇了撇嘴，眼眶立刻湿润起来，一副要哭了的表情。然后，他扔掉手里的东西，鬼哭狼嚎地朝我扑了过来："米苏，我好可怜！"

我有些嫌弃地往后退了一步，他扑了个空，变得更加委屈了，头上的帽子也掉在了地上。他把嘴巴噘得老高："你居然嫌弃我！"

我低头瞅了一眼自己干净的衣服，干笑了一声，连忙转移了话题："没有没有，你赶紧去换一件衣服，总不可能一会儿穿着这个就出门吧？"

巴斯戴乐虽然有些不情愿，却还是"哦"了一声，转身回房间换衣服去了。

我左看右看，过了大半天，才发现这屋子已经被摧毁得找不到一个能坐的地方了。我在包里翻了好半天才掏出一张旧报纸，铺在沙发上，坐了下来。

巴斯戴乐再次出来的时候已经一身清爽——衣服换了，脸洗干净了，好在刘海儿还没被烧掉，搭在脸上将被烧掉的眉毛遮住了，看上去也不太奇怪。

我努力忍住自己想掀开他刘海儿的冲动，憋着笑问道："你到底做了什么才会把家里弄成这样？"

他扭头看了看，大概是没找到能用的报纸，只好在我面前站着，一脸"你别提了"的表情："昨天不是让你别带甜点过来吗？我昨天在网上买的一大堆烹饪方面的书都到货了，便想自己做。那些书上写得都很简单啊，我以为做起来肯定也不怎么麻烦，结果，谁知道……"他有些自责地摇了摇头，声音变得低沉，"被我搞砸了，就变成这个样子了。"

"有现成的买，你干吗非要自己学？又不是每个人都有烹饪天赋，你也不用勉强自己嘛！"看他眼泪在眼眶里打转，一副可怜兮兮的样子，我不禁有些心软，忍不住安慰道，"人无完人，没必要对自己要求那么严格。"

"不是这样的。"他叹了一口气，一只手撑着下巴，嘟着嘴抱怨道，"我也觉得做甜点好麻烦，辛辛苦苦几个小时做出来，一口就吃掉了。可是没办法啊，我之所以现在还是个实习甜点魔法师，就是因为我不会做甜点，只会施魔法。上司说了，只要我学会做甜点，立马把'实习'两个字去掉。我这不是想快点转正嘛，也是时候开始学习一下甜点怎么做了。"

"原来是这样。"我若有所思地点点头，然后拍拍胸脯打包票，"看在你一直都在帮我忙的分上，我教你做甜点好了。不过呢，要先把我们眼下的事情做完才行。霍启廉的魔法就要失效了，走吧，我们先去做甜点吧。"

我从沙发上起身，拍了拍他的肩膀。

呃，有点高，手伸着很不舒服。我尴尬地将手缩了回来。

他似乎没有注意到我脸上别扭的表情，反而有些为难地打量了一下自己的屋子："可是这屋子现在还能用吗？要不我先让清洁公司派人过来打扫一下？"

"叫什么清洁公司，自己收拾。"我用手肘推了推他，没好气地说道。我现在十分怀疑，眼前的这个家伙生活自理能力全无。

他虽然还是有些不乐意，却乖乖地闭嘴，钻进厨房收拾去了。

不一会儿，我们两个就把厨房收拾到能用的程度了。我从巴斯戴乐口中得知，这次魔法要用的甜点是曲奇。早上他这么一通乱搞以后，食材都已经用光了，家里只剩下鸡蛋和面粉。

我从冰箱里拿出鸡蛋，又把面粉拿出来全部塞给巴斯戴乐，然后细心交代了他和面、打鸡蛋的步骤，这才拿着钱匆匆出门去超市买东西。

好在隔壁的小区就有专门为业主服务的超市，里面的食材也还算丰富。很快，我就把需要的食材都买齐了。回到楼上，巴斯戴乐还手忙脚乱地在厨房里忙碌着。我提着东西走进厨房，探头朝他望去，忍不住吐槽了一句："和个面、打个蛋有这么麻烦吗？我东西都买回来了，你还没弄好。"

结果话刚说完，我立刻噎住了，愣愣地看着他打好放在旁边的鸡蛋。

这……这鸡蛋里面怎么还有一大堆蛋壳？

我刚想开口询问，却正好瞥见了一旁垃圾桶里的一团面糊状的东西。

我伸手拉住身边的巴斯戴乐，指着垃圾桶问道："你怎么把面团丢了？"他的行为虽然经常都不能用常理推断，可是把好好的面团丢进垃圾桶里也太过分了，总不可能告诉我是不小心掉进去的吧。

巴斯戴乐尴尬地挠了挠头，小心翼翼地赔笑道："我刚才不小心把面团掉到地上了，怕被你发现，就偷偷扔掉了，准备重新再和。"

"那你也起码扔到别的垃圾桶里吧，扔在这里不是摆明了给我看吗？"我无奈地撇撇嘴，又端起旁边装蛋液的碗，指着里面的蛋壳，说，"还有，你做事能不能不要这么粗枝大叶啊，这么多蛋壳，一会儿怎么用？"

他心虚地回应："我是准备过一会儿再一点一点把蛋壳挑出来……"

"你——"我直接被他噎得说不出话来了，好半晌才憋出一句，"你就不能打蛋的时候稍微注意点吗？挑出来多费事。"

他努努嘴，不愿意回答我。

见他一副可怜兮兮的样子，我还是放软了语气："算了算了，下次我教你打蛋吧。你先把面和好，我还要去准备一下其他材料。"

我从柜子里翻出一袋还没遭黑手的砂糖，把黄油放进碗里软化。软化完黄油，我扭过头，发现蛋液里面的蛋壳总算已经被清理干净了。我伸手端过蛋液倒进碗里，刚搅拌了两下又扭过头，怔怔地看着巴斯戴乐。

明明应该在和面的巴斯戴乐却拿着一本书，皱着眉头在看。

似乎是感受到了我的视线，他将脑袋抬了起来，像个没吃到糖的小孩一样撒娇："米苏，书里没有写怎么和面！"

"什么？"我震惊得一句话脱口而出，"这是常识，常识你懂不懂？"

"不懂。"他猛摇头，还无辜地眨了眨眼睛。

我差点把持不住晕过去："把书扔掉，这书是教你怎么做甜点的，基本功还要自己学。和面就是往面粉里面加水，然后用手把面粉搅拌均匀。"

他点点头，扔掉书，端着面粉去接了水，重新洗干净手后，紧张兮兮地揉了起来。那动作，毫无章法，惨不忍睹，让我不忍直视。他却完全没有注意到我皱着的眉毛，一脸认真地揉着面。

我忍不住开口："你别一只手往左边揉，另一只手往右边揉，要朝一个方向使劲啊。"

"好！"他答应着，两只手的方向却同时变了，又向相反的方向揉了起来。

我在一旁看着，直想撞墙，但最终还是冷静下来，逼迫自己接受他很愚蠢的这个事实，开始继续忙自己手头的事情。我将打好的蛋液和黄油混合在一起搅拌好后，巴斯戴乐也总算艰难地把面揉成了稍微还看得过去的样子，激动地向我邀功。

我接过面，打发他去预热烤箱，便往面团里加牛奶，然后和黄油混合在一起，又继续搅拌起来。

本来还以为有男生在，能干点轻松的活，结果没想到这是个笨手笨脚还没有天赋的家伙，又怕他稍微异想天开一下就前功尽弃了，我只能让他做一些简单的事情。

我一边感叹，一边耐心地搅拌着。烤箱很快就预热好了，面也搅拌好了，我将面糊分别装进两个裱花袋里，一个递给巴斯戴乐，顺手又塞了一个盘子给他："反正施魔法只用一块曲奇就行了，剩下的你自己玩吧，试试手感也好。"

巴斯戴乐早就兴奋得眼睛发亮了，他激动地接过面糊和盘子，跑到一旁开始一个一个认真地挤了起来。挤好了曲奇，我们将盘子放进了预热好的烤箱里，开始等待。

虽然大部分事情都是我做的，巴斯戴乐却还是十分憧憬地一直等在烤箱旁边，就连我让他去收拾屋子，他都不愿意挪动脚步。直到烤箱自动关闭发出提示声，他都没离开过，伸手就要去拿里面的盘子，被眼疾手快的我推开了。

我把烤箱自带的夹子递给他，没好气地给了他一个栗暴："刚烤好，你这么去拿，手还要不要了？"

他嘿嘿地笑了两声，用夹子把盘子夹了出来，放在桌子上，也不顾烫，拿起曲奇就往嘴巴里塞，被烫得"嗷嗷"叫了两声后，脸上露出了幸福的表情："好好吃，真的好好吃！"

他闭上眼睛享受着，还舔舔嘴唇回味了一下，又立刻往嘴里塞了一块曲奇，那表情让我都忍不住尝了一块。

味道一般啊，没有比平时好吃到哪儿去，有必要这么夸张吗？

我偏过头去看巴斯戴乐，他正好睁开眼睛，双眼发光地看着我，还没等我发问就已经激动地抱着我喊了起来："米苏，我从来没有吃过自己做出的这么好吃的东西。"他感动得一把鼻涕一把泪，说话声音都有些颤抖，"你知道的，我做的那些魔鬼料理简直不是人吃的。这饼干真是人间美味！"

话音落下后，他立刻放开了我，转身回了房间。不一会儿，他就抱着一个铁盒子出来，小心翼翼地将多余的曲奇都装进了盒子里，将盒子贴在胸口，嘴里碎碎念着："我要拿回去给其他人尝尝，他们一定会夸我的！"

此时此刻的巴斯戴乐就像一个孩子，满脸的孩子气。我被他的模样逗乐了，哈哈大笑起来，眼泪都差点流出来："哈哈哈，没想到你这么容易满足。曲奇是甜点里面最简单的，以后我再教你做点其他的好了。"

他猛点头。

我突然想起还有正事没做，低头看着盘子里仅剩的那块看上去孤零零的曲奇，吞了吞口水："对了，你的魔法呢，要怎么把我变漂亮？"

"哦哦，我差点忘了。"巴斯戴乐回过神来，将铁盒子放在一旁，一只手指着曲奇，念念有词起来。嘀咕了好一会儿，他才打了一个响指，将盘子推到我面前："吃吧，我已经施好魔法了。"

"看上去没什么变化。"

我一边嘟囔着，一边拿起曲奇塞进了嘴里。刚咽下去，忽然，一道强光袭来，照得我完全睁不开眼睛。我半眯着眼睛想要看清到底发生了什么，却因为光实在是太强而一无所获。

好半晌，巴斯戴乐忽然"哇"地叫了一声，吓得我蓦地睁开了双眼。强光此时已经消失，我一睁开眼睛就看到了面前的巴斯戴乐脸上那略微诧异的神情，连忙拔腿朝镜子跑去。

镜子里面是一张陌生的面孔。那是一张瓜子脸，下巴尖尖的，皮肤白皙到几乎透明。头发长而卷，随意地披在身后，十分迷人。而这身高，起码比以前的我高了10厘米，身材修长苗条。身上的衣服也不是以前的那一件，而是变成了一件质地很好的连衣裙。再看五官，鼻梁高挺，小嘴如樱桃般粉嫩，一双桃花眼带着别样的风情。

这……这真的是我吗？

我有些不敢相信地凑到镜子前怔怔地又看了好久，总算接受了自己现在这张脸。真是美得让人移不开视线，就连我自己都忍不住被吸引。

正当我沉醉其中的时候，巴斯戴乐忽然跳到了我身边，吓了我一跳，他却激动地嚷嚷了起来："米苏，你好美！简直就像模特一样！仙度瑞拉魔法果然不同凡响！"

我也狂点头表示赞同："能在不整容的前提下变得这么好看，是我有生之年完全没想到的！"

高兴之余，我突然又困惑起来："那我现在要用什么样的身份去学校呢？就算我说自己突然去韩国整容了，也不会有人相信我是米苏啊，这身高跟以前可完全不一样。"

巴斯戴乐鼓起腮帮子，也开始思考起这个问题来。

想了好半天，我才开口："要不你帮我想办法编造个新身份，我用新身份去接近林泽亚，这样就算失败了，我以后也不至于在学校混不下去。"

"这主意不错！"巴斯戴乐打了个响指，"正好可以躲避恢复记忆来找麻烦的霍启廉，他反正不会认识现在的大美女米苏。另外，我负责去给你伪造一个新的身份，但你先要找个理由把你爸妈糊弄过去。"

"不行！"我一口否定，然后凑近他瞪着他，"我这个样子肯定不能回家见爸妈啊！所以，你还需要收留我才行。不然我把我爸妈糊弄了以后，难不成自己去睡大街啊。"

"你住酒店啊。"

"不行。"

"为什么？"

"很贵啊！"我理所当然地说道，然后又嫌弃地瞅了瞅房间，"虽然你的屋子邋遢了一点，不过没关系，我可以帮你收拾一下。你看我都不嫌弃你了，你还拒绝什么，快高兴地答应吧。"

巴斯戴乐面露难色，大概是觉得要收拾这个屋子真的很麻烦，但终究还是很勉强地点了点头。

因为变了个样子，没法回家，所以我只好打电话给爸妈，撒谎说我被学校以交换生的身份派到另外一所学校去，而那所学校在外地，所以这个月暂时不能回家了，又趁他们出门飞快地收拾了行李，就搬进了巴斯戴乐家。

重新回到巴斯戴乐家已经是下午，他不在家，说是帮我弄新身份的事情去了，家里却已经收拾得干干净净。看来他还是不好意思让我来收拾，所以找了清洁公司。也不知道清洁公司看到这屋子里的情形时是什么表情，肯定收了双倍的钱。

屋子里除了主卧就是次卧，我理所当然地占据了次卧。直到晚上，巴斯戴乐才回家，得意地将一个文件夹丢给我。

我打开文件夹一看，里面有一份交换生证明。虽然平时巴斯戴乐笨手笨脚的，可是这一次还真的很靠谱，就连名字都已经帮我捏造好了——米娜。

同姓，也容易产生代入感，一切都是那么顺其自然。

不过既然要有新形象，就不能穿着以前那身衣服到处乱跑了，我又拉着巴斯戴乐出去买了一堆新衣服，这才收工。

为了这次任务，我可是下了血本啊！

我全部的零用钱，从小到大存的压岁钱全花光了，真的是很大的血本啊！所以一定不能血本无归！

2

第二天一早我就去了学校。为了防止因为紧张而出什么差错，巴斯戴乐也被我拉着一起去了。

到学校的时候正好是上学高峰期，才一进校门，我就感觉所有人的目光都落在了我的身上，就连传达室的看门大叔都探出头来看。

虽然说上一次霍启廉也给我引来了许多目光，可是远远不如这一次。那一次在学校里，女生基本都向我投来嫉妒和好奇的目光，而这一次不仅有女生，男生也都目不转睛地盯着我，仿佛要在我身上盯出一个洞来。

我站在校门口，心里刚生出退缩之意，巴斯戴乐的声音就在我耳边响起："米苏，才这样就受不了了，那你要怎么为朋友讨回公道啊？"

垂在身侧的手不由自主地握成了拳，我这才发现手心早已被汗水打湿。

不行，这种时候不能打退堂鼓。

我在心里默念了几遍，终于还是深吸了一口气，抬头挺胸，将周围的所有人都想象成一个个大萝卜，然后目不斜视地朝里面走去。

因为是作为交换生来到学校的，所以我先去了办公大楼，在校长办公室里提交了交换生资料后，才被带到教室。

我一进教室，立刻引起一片哗然，原本在认真听课的同学们都偏过头朝我望过来，就连班主任脸上也露出错愕的表情。

"这是谁，哪个大明星吗？"

"我今天早上看到她了，没想到居然是来我们班！"

"听说是刚来的交换生，长得真漂亮。"

"我……我激动得快说不出话来了，不知道她有没有男朋友，喜欢哪种类型的男生，近期有没有考虑过要找男朋友？"

"省省吧，就你这样还想追美女，说不定别人看都不会看你一眼。"

……

同学们立刻七嘴八舌地议论起来，一片喧嚣。

班主任竟然愣了大半晌才开始管纪律。

好不容易等到教室里重新恢复安静，我这才腼腆而优雅地走上讲台，甜甜地扬起笑容。

交换生，顾名思义，就是各自到对方的班上去学习。

而我这个冒牌的交换生，这么换了一下，也还是在原来的班上。站在讲台上放眼望去，全是一起相处了三年的同班同学，让我装成一个陌生人来自我介绍，还真是有些别扭。

尽管这样，我还是落落大方地说道："大家好，我是新来的交换生米娜。"

说完，我弯起嘴角，露出最美丽的笑容。这可是昨天晚上我对着镜子特地练习了好多遍的，让我自己都神魂颠倒。

果然，我的话刚说完，下面就响起了欢呼声。

班主任有些尴尬地又招呼了一下，却没有人理会他，他只能刻意加大声音："欢迎米娜同学来到我们这个大家庭，开始为期一个月的交换生生活。从今天起大家就像是家人一样，不管在学习上还是生活上都要互相帮助。米娜，你刚来这里还不熟悉，这样吧……"他伸长脖子望了望，然后指着下面的一个女生说道，"你坐到她的那个位子上去吧，那是我们班的学习委员，她旁边的是班长。学习委员，你先坐到最后一排去，把位子让给新来的交换生吧。"

"好的。"学习委员应了一声，开始收拾东西。

我顺着老师指的地方望去，戴着眼镜的班长还是像往常那样一丝不苟，活脱脱像个小老头。从走进这个教室起，我就特意关注了他，发现也只有他从头到尾都没有多看我几眼。

果然，学霸和普通人就是不一样。

我吐了吐舌头，等学习委员将东西全部搬走后，才来到那个位子旁，坐了下来。本来就折腾了好一会儿，结果等我坐下后，老师又费了些力气整顿纪律，好不容易安静下来准备上课的时候，下课铃却响了起来。

刚下课，我就立刻从抽屉里拿出手机，埋头给巴斯戴乐发了一条短信："已成功混入敌军内部，请军师放心！"然后将手机随意地扔在了一边，准备出去透透气，谁知一群女生朝我走了过来，将我团团围了起来。

她们七嘴八舌、叽叽喳喳地自我介绍了一番后，又开始赞美起来："米娜，你这么漂亮还来上学做什么，直接进演艺圈当明星多好！"

"你懂什么，明星能和这个一样吗？上学是来学知识的。"

"米娜，你的皮肤好好啊，是怎么保养的，能不能告诉我？"

……

一大堆问题扑面而来，让我完全不知道该怎么回答，尤其是关于怎么护肤……这皮肤本来就不是我的，难不成我要说我吃了一块曲奇饼干后皮肤就变得吹弹可破？开什么玩笑，这样说还不被当成神经病？

不过好在她们一边问还一边自己回答，我就默默坐在旁边微笑着装哑巴，直到上课铃响起，兴奋的人群才散去。

接下来的每一次课间都是相似的场景。不同的是，有女生，也有男生，除了自己班上的，竟然还有别班的跑过来搭讪，这让我不禁飘飘然起来。

以前那个如同透明人的我从昨天吃下曲奇饼干开始，整个人生有了翻天覆地的变化。以前的我就算站在讲台上，都没有人多看两眼，而现在的我就算是躲在角落里也会被人注意到。

半天下来，我发现自己明明只是坐在座位上没做什么特别的事情，却筋疲力尽，开始犯困。做美女真不容易，形象实在是太重要了，不仅随时都要挺胸收腹，脸上还要保持恰到好处的微笑。

上午最后一节课结束，下课铃响起，我心里生出一种终于解脱的想法，打算找个没人的地方休息一下，手机突然收到了巴斯戴乐的短信："打入内部固然好，但是你不要忘记正事。"

正事？

他这么一说，我突然想起来了。

我的目的可不是用那张伪造的交换生资料混入学校这么简单，而是要接近林泽亚。可我并没有和他一个班，那现在我要怎么办呢？难道主动去搭讪？这样会不会显得太突兀了一些？

正当我为了这个问题犯难的时候，课桌上面忽然多了一个人影。我抬头一看，只见一个面容青涩的少年正神情紧张地站在我面前，有些腼腆地望着我，就连说话的声音都在微微颤抖："米娜学姐，我想请你吃饭，请问你有空吗？"

一看就是低年级的学弟，羞涩的模样竟有些可爱。

我在心里酝酿出一段委婉拒绝的话，刚准备开口，突然被教室里响起的另外一个声音打断了："米娜，有人找。"

难道是巴斯戴乐见我没回短信直接找上门来了？

我扔下一句"不好意思"，便起身朝教室外面大步走去，出了教室后，没看到巴斯戴乐的身影，反而看见林泽亚正背靠墙壁站在那里。

见我出来，他连忙转过身面对我，彬彬有礼地朝我欠了欠身，自我介绍道："你好，我是篮球社的林泽亚，今天来找你是有一些关于篮球社的事情要跟你说。"

篮球社？这跟我这个刚来的转学生有什么关系？

真会找借口接近女生。

我在心里嗤笑了一声。不过正好，我想接近他却没有好办法，他倒自己找上门来了。

我淡淡地回了一句："什么事？"

他这才继续说话，语气略带抱歉："事情是这样的，因为和你交换的学生米苏是我们篮球社的经理，她这次作为交换生离开的事并没有提前通知我们篮球社，我们也是今天才接到消息。最近篮球社的活动比较多，如果突然少一个篮球经理，可能会忙不过来。如果你有时间，能来篮球社帮忙吗？"

"我？"我故意装作迷惑地扬起了尾音，"不好意思，我可能不太清楚篮球社需要做些什么工作，我怕给你们添乱。"

"不会的，不会的。"他连忙摇头，"篮球社的工作很简单，你不用担心。"

"呃……"我装作考虑的样子，顿了好一会儿才总算点点头说道，"我先试试吧。"

我在心里邪恶地笑着，脸上却还维持着刚才为难的表情。

"真是太好了！"他那张轮廓分明的脸上露出欣喜的笑容，眉毛也轻轻挑起，嘴角上扬，语气略带激动，"要不你现在跟我去篮球社看看，我顺便给你介绍一下篮球社里的工作。正好最近下午都有比赛，如果你有空也可以来看看。我们学校的篮球社在市里也是数一数二的。"

我点点头，跟着林泽亚往外走。

❤
3

我跟着林泽亚出了教学楼，去了社团活动楼的篮球社。

只不过一两天没来，篮球社能有什么变化，依旧是那些老面孔在为下午的比赛做赛前准备。

一见林泽亚带着我回来了，大家立刻开始起哄："社长就是不一样，这么快就把新来的美女交换生带来了。"

林泽亚的脸色立刻变得尴尬起来，他怒斥了一声："别瞎嚷嚷！"

然后，他又转过头向我解释道："不要听他们乱说，他们总是这样。"

我无所谓地笑了笑，一脸不介意的样子，他这才放下心来。

带我参观完活动楼后，也快到比赛时间了，林泽亚将我带到休息室里让我稍作休息，自己则进了更衣室。

很快，一身球服的林泽亚出现在我的面前，他一手拿着篮球，手臂上的肌肉结实而强壮，因为长期在太阳下曝晒，皮肤变成了健康的小麦色。

他似乎还有话想对我说，但刚望了我一眼，就被其他队员喊了过去。

我伸长脖子朝那个方向望了望，他们似乎在讨论比赛对策，一群人商量得热火朝天。

我摸了摸肚子，还没吃午饭，已经饿得前胸贴后背了，便从休息室走了出去，刚准备悄悄离开，忽然又被林泽亚叫住了。

"米娜。"

他这一声响起，讨论声戛然而止。

我转头望向他，发现他眼里忽然多了一抹浓烈的失落。我装作没看见，疑惑地应道："嗯？"

"你要走了吗？"他明知故问。

"是啊。"我点点头，微微一笑，"还没来得及吃午饭，要先离开了。"

"哦……"他拖长了音调，似乎有些不甘心，又有些不舍，却终究还是说道，"那你去吧，下午的比赛在篮球场进行，如果有空的话可以来看看。"

我不置可否，只是说了一句"再见"便离开了。

快速解决了午饭后，我慢悠悠地去了篮球场。

中午林泽亚的反应让我很满意，我这样若即若离的态度明显已经让他的心悸动起来。如果我再积极主动一点，对他稍稍暗示一下，不相信拿不下他。

我变得自信满满。

方式可能有些拙劣，计划可能不够完美，但这些都不是重点，我只要利用这张脸，按照计划行事，让林泽亚受到应有的惩罚就好。

篮球赛还是像往常那样吸引了很多女生围观，她们里三层外三层将整个球场包围了。

还好我去得早，在最里面占到一个还不错的位置。

不知道是不是交换生的缘故，还是身上冷冽气息太重，人们似乎刻意避开了我，给我留出一个还算舒适的位置。

比赛很快就开始了，和往常一样，社员分成两个小队进行角逐。刚一开始，场上的局面立刻变得激动人心起来。

两队人的技术本来就不相上下，打起球来，针锋相对，场面十分热烈。此时此刻，运球的人身姿矫捷，快速突破对方的拦截，把球投了出去，眼看就要进球，林泽亚忽然高高跃起，在空中将球拦截了下来。

"哇——"

一阵欢呼声响起。

我的目光紧紧锁在林泽亚身上，看到他这一动作，趁机故意大声喊起来："林泽亚，加油！"

场上的林泽亚偏过头朝我的方向看了一眼，点点头示意了一下，又立刻全神贯注地运起球来。

呵呵，场上这么多声音，但是我这么一喊他立马注意到了，说明他其实也没那么专注，至少还注意到了我这边的情况。

我心里嘲讽地想着，但脸上还是维持着淡淡的笑容，目光透过篮球场上享受着周围无数人的喝彩和掌声的林泽亚，似乎看到了躺在医院病床上苍白憔悴的林晴。

就连林晴的病房门都没踏入过一次的人，如此心安理得，如此意气风发……

就像有无数阴云在我的心里堆积，愤怒的闪电不断酝酿。

我紧紧握着拳头，努力克制，才没让脸上的假笑消失。

注意力重新回到球场上。

林泽亚在拦截成功后，又三步上篮，为自己的小队赢得了两分。

接下来的比赛，林泽亚似乎超常发挥，时不时地制造出一些让人惊喜的局面，就连我这个半吊子球迷在一旁都看得无比激动，加油的呼喊声从未间断。

比赛结束已经是一个半小时后，刚解散，林泽亚就直接朝我站的方向走了过来。

我将手中的矿泉水和纸巾递了过去，毫不吝啬地赞美道："还好今天我来看了，你打篮球的技术真不是盖的。"

"那当然。"

　　我的话让他的虚荣心得到了极大的满足，脸上露出满意的表情。他接过我递过去的水畅快淋漓地喝了一大口后，才用纸巾擦拭着脸上的汗水："其实篮球经理也没什么要做的，在比赛的时候过来加加油、打打气就行了。"

　　"原来是这样。"

　　我点点头，心里却冷嘲热讽起来。

　　什么鬼话，米苏在的时候，篮球经理就是打杂、跑腿，什么活最苦最累就做什么，结果现在米娜来了，篮球经理就变成了轻松无比，加加油、打打气、看看比赛的闲人。

　　林泽亚却不知羞耻地接过话："是啊，篮球经理可是社团里活儿最轻松的人了。"

　　我故意睁大眼睛无辜地望着他，粉唇一嘟，偏头思考了一下，娇滴滴地说道："那我以后有空就过来给你加油打气，好不好？"

　　"当然好。"这句话明显很受用，林泽亚想也没想就点点头，忽然话锋一转，"中午的时候是我想得不够周到，让你错过了吃午饭的时间，你应该没吃好吧？要不等会儿我换完衣服，请你出去吃东西？"

　　"好啊，那我陪你回篮球社吧。"林泽亚的嘴脸让我有些反胃，我却还是忍住了这种冲动，附和道。

　　我们和其他社员一起往社团活动大楼走去，刚到一楼走廊，离篮球社还有一段距离的时候，我忽然看见前面有一个熟悉的身影。

　　那是一个少女，长发飘飘，裙裾飞扬。她背对着我们站在篮球社大门口，穿着一件天蓝色的长裙，双手垂在身侧，手腕上戴着一条水晶手链，将白皙的肌肤衬得更加晶莹剔透。

我明显感觉身旁的林泽亚脚步顿了顿，刚想开口说话，却发现他直接朝少女跑了过去："羽灵，你怎么来了？"

听到这个名字，我警觉地停住了脚步，没有再往前走。

果然，他的话音刚落下，霍羽灵就转过了身，那张和霍启廉几乎一模一样的脸上一片孤傲清冷。

林泽亚已经跑到了她的面前，就像前天我看到的那样开始讨好霍羽灵，完全忘记了我这个刚才还在篮球场上给他加油的人。

我站到稍微隐蔽的地方，努力不让霍羽灵看到自己，不然她中的魔法生效，一看到我就喊公主，会露馅的。

好在大部队还在往前走，将我的身影挡住了一大半，霍羽灵才没有看见站在远处的我。

霍羽灵正偏过头跟林泽亚说话，明明是她过来找他，态度却还是那么高傲冷淡。

而林泽亚似乎就吃这一套，像只听话的哈巴狗一样跟着她。

我收回目光，转身快速往外走。我出了大楼，也不想再回教室了，直接出了学校。

夏日的阳光格外刺眼。

我走在学校外面人来人往的街道上，垂头丧气地踢着路边的小石子。

辛辛苦苦花了这么多时间制定的计划又失败了。

本来还以为林泽亚对霍羽灵这么上心，是因为霍羽灵长得漂亮，可是现在看来，不单单是这个原因。

这个世界上美女这么多，为什么偏偏是霍羽灵？她一定还有别的吸引人的地方，才能让林泽亚这个花心大萝卜这么死心塌地。

我撇了撇嘴，长叹了一口气，抬头望着周围一张张陌生的面孔，心里很不是滋味。

心急吃不了热豆腐，这件事还是要慢慢来，我必须想出一个更加万无一失的计策才行。

第五章

人鱼公主巧克力

● 人鱼公主巧克力 ♥

甜点来历：以安徒生童话《海的女儿》为灵感制作的一款巧克力。巧克力是以可可浆和可可脂为主要原料制成的一种甜食，不仅口感细腻甜美，而且具有一股浓郁的香气。16世纪初期的西班牙探险家荷南多·科尔特斯在墨西哥发现当地的阿兹特克国王饮用一种可可豆加水和香料制成的饮料，科尔特斯品尝后在1528年将其带回西班牙，并在西非一个小岛上种植了可可树。西班牙人把将可可豆磨成粉、加入水和糖、加热后制成的饮料称为"巧克力"，深受大众欢迎。不久其制作方法被意大利人学会，并且很快传遍整个欧洲。1847年，巧克力饮料中被加入可可脂，制成如今人们熟知的可咀嚼巧克力块。

魔法效果：人鱼公主出自一个非常悲伤的童话，小人鱼为了心爱的王子，最后变成了泡沫。那吃下这款巧克力也会变成泡沫吗？当然不会啦！善良可爱的魔法小王子巴斯戴乐打造的是能让人声音变甜变美，拥有人鱼公主完美嗓音的巧克力！然而，这款甜点好像有个小小的局限呢，那就是……

"我回来了！"

今天很快就过去了，下午发生的那件事始终盘旋在我的心头，久久不能消散。一放学，我就快速背上早已收拾好的书包以百米冲刺的速度跑出了学校，来到了巴斯戴乐家。

掏出钥匙开门，在踏进家门的那一瞬间，我用尽自己最后的力气大喊了一声，然后将书包一甩，倒在了沙发上，俨然有一种"皇太后驾到，小的们快来迎驾"的姿态。

客厅里的电视开着，声音不小，和我的声音混合在一起，格外刺耳。我伸手去拿遥控器，可半天也没能碰到它，就直接放弃了。我像具尸体一样躺在沙发上一动不动。

似乎是听到了我的呼喊声，巴斯戴乐从厨房里走了出来，手上还戴着橡胶手套。

他一脸紧张地望着躺在沙发上的我，疑惑地问道："米苏，你受什么刺激了，怎么感觉你精神不太正常？"

我刚想对他吐露今天的遭遇，他又接着没心没肺地伸手指了指我："你现在已经变成大美女了，不能再用这种姿势躺在沙发上。形象，形象很重要！"

"去去去，一边去！"一听到"美女"两个字我就来气，直接坐了起来靠在沙发背上，双手环抱在胸前，哀怨地抬头看了一眼巴斯戴乐，长叹了一口气，"我感觉我们现在这个计划行不通啊。虽然说男生都喜欢美女，可是如果在不止一个美女可以选择的前提下，我不一定会是被选择的那个。"

"你的意思是，你都变得这么美丽了，还是没有吸引住林泽亚？"巴斯戴乐似乎听懂了，他摸了摸下巴，眼珠一转，目光还是紧锁在我的身上。

我点点头，马上又摇摇头："也不算。白天的时候林泽亚还主动来找我，希望我能去篮球社代替米苏的位置当篮球经理，可是下午霍羽灵一出现，林泽亚就像前天我们看到的那样，像只哈巴狗似的围着她转。"

"看来你的魅力还不够啊！"他若有所思地点点头，目光在我身上游移，"难道是还不够漂亮吗？不应该啊！这脸蛋、这身材，哪个男生看了不心动？"

"瞎说什么呢！"我抬手赏了他一个栗暴，"就知道看外表，内涵才是最重要的，你懂不懂？"我转过头张望了一下，想要看看有没有什么可以拿来给这个呆头呆脑的家伙举例子的东西，头一偏，目光落在旁边吵得令人发指却被我选择性忽视了的电视屏幕上。

此时此刻，电视里正在放一个街头选秀的节目，主持人是一个英俊的男人，正口若悬河地介绍节目赞助商和报名参加方式。节目正值海选阶段，以前也办过好几届类似的，收视率很高，凡是对自己声音有信心的人都可以报名参加海选，没有任何门槛。

虽然我平时不怎么看这类电视节目，但对这个节目也是有所耳闻的。刚才还萎靡不振的我立刻来了精神，伸手指了指电视，振振有词地说道："有办法了。林泽亚是个很肤浅的人，特别好面子。林晴的事情就是一个很好的例子。所以说，如果我能有一点小小的知名度，一定能够成功吸引他的注意力。"

巴斯戴乐凑近我，竖起了大拇指，声音里充满了崇拜："还是你聪明，这办法真不错。不过，米苏，你会唱歌吗？"

"当然会，我小学的时候还是合唱团的呢！你可别小瞧我。来，我给你唱一段听听。"

我瞥了他一眼，煞有介事地咳了两声，清了清嗓子，深吸一口气酝酿了一下，却不小心被那口气呛着了，整张脸涨红，猛地咳嗽了起来，吓得旁边正准备专心听我唱歌的巴斯戴乐连忙跳起来伸手帮我拍着后背："要不要帮你去倒杯水？"

我挥了挥手："不用了。"

好不容易缓过气来，我又清了清嗓子，这才调整好情绪，深情款款地唱了起来："你永远不懂我伤悲，像白天不懂……"

才唱了两句，我的嘴巴就被一旁的巴斯戴乐捂住了。

"你……啊……干什么……"我拼命想要说出一句完整的话，他却把我的嘴巴捂得更紧了。

我有点呼吸不过来，只能瞪大眼睛看着他。这家伙是要谋杀我吗？

他也瞪大眼睛望着我，一脸惊恐的模样，像是看到了鬼一样，明明张大了嘴巴却好半天都没说出一句话来。

我好不容易才从他手里挣脱出来，竖起眉毛瞪着他，没好气地吼道："你要干吗？"

他脸上那抹惊慌失措的神色还没散去，像是受到深重打击一样，颤抖着嘴唇开口，好半天才从嗓子眼里挤出一句话："我……我没听错吧，刚才是你在唱歌吗？我还以为是警铃响了呢！"

我刚想开口，他却抢在我之前又要伸手捂我的嘴，还好我及时往旁边一偏躲开了："别动手动脚的。"

他摩擦了一下双手，一副恨不得给我跪下来的模样："我求求你，别唱了，比楼下大妈杀鸡的声音还难听！"

这句话严重刺伤了我的心，我不满地噘起了嘴巴。

他大概也意识到了这一点，又画蛇添足般加了一句："稍微好那么一点点……"

"你这还不如不说呢。"

我撇撇嘴，又变得哀怨起来，盯着他看了大半天才没底气地承认："好吧，我是不太会唱歌。"

"岂止是不会，简直是杀鸡一般……"他小声嘀咕了一句，见我又瞪了他一眼，连忙乖乖改口，"其实还是不错的，不过如果要去比赛，还是差点火候。现在参加这种比赛的，哪个没两把刷子，好多人都是专业的，业余选手想要晋级实在是太难了。"

我赞许地看了他一眼，小鸡啄米般点头，谄媚地笑道："所以说这件事情还是要靠你帮忙，我知道你一定有办法的，对不对？如果成功了，以后我一定把自己所有拿手甜点的制作方法都教给你，这样你回去后就可以转正了！"

"怎么又要靠我啊……"巴斯戴乐脸上瞬间闪过一抹逃避的神色。

下一秒，我就从沙发上跳了起来，直接扑向他，紧紧抓住了他的双手以免他跑掉，然后深吸一口气，努力挤出两滴眼泪，深情款款地凝视着他，痛苦地说道："你必须帮我，除了你没有人可以帮我了。你难道想让我们之前的努力都功亏一篑吗？"

"好吧。"他想要甩开我的手，却被我握得更紧了，只能无奈地点点头，"你先松开我，我去找找还有什么甜点。"

他的话音刚落，我立刻松开了他的手，欢呼雀跃道："你真是个大好人！"

巴斯戴乐却一点也没因为我的夸奖而高兴，他逃也似的转身进了厨房，翻箱倒柜找了起来。

好半晌，他才灰头土脸地从厨房钻来，哭丧着脸跑回客厅，将一包黑乎乎的不知道有没有过期的东西扔给我，吓得我往旁边一挪。

我吞了吞口水，指着那包黑乎乎的东西问道："这是什么？"

"厨房里面能用的东西昨天都被我毁得差不多了，只有可可粉的包装还是完整的。都是最近买的，应该还能用，你看能不能做点什么出来吧。实在不行也不要为难了，我们出去买。"

我鼓起腮帮子盯着可可粉看了几秒，紧接着不由自主地笑了起来。

有可可粉，能做的东西太多了！这绝对难不倒我这个生活小能手。

我伸手将可可粉拽了过来，跳起来扔下一句"你等着"，便钻进了厨房，直接将厨房的门反锁上。

用可可粉做甜点，最容易的当然就是做巧克力啦。

我从冰箱里找出牛奶，从抽屉里拿出模具，便欢天喜地地做起了巧克力。巧克力做起来不麻烦，可是还要放进冰箱冷却，比出去买还是慢了不少。可是自己做和买来的性质完全不同，那份感觉也不一样。就是不知道如果施魔法，效果会不会也不一样。

我做好以后便小心翼翼地把巧克力放进冰箱里，然后从厨房里走了出来。

一看我出来，原本坐在沙发上玩手机的巴斯戴乐立刻丢掉手机朝我冲了过来。

我眼疾手快地拦在了厨房门口，一副母鸡护小鸡的模样视死如归地瞪着他，咬牙切齿地说道："要进去，先从我尸体上踩过去！"

"让我看看嘛！"巴斯戴乐立刻放软了语气，双手合十朝我哀求道，"就看一眼。"

我把手一挥："想也不要想，一边待着去！"

僵持了好半天，看我一点动摇的意思都没有，他才又垂头丧气地回到沙发上继续玩手机。

2

　　时间一分一秒地过去了，眼看着天色慢慢暗了下来，太阳下山，月亮升上天空。丝丝缕缕的云将月亮挡住了一大半，只留下一弯月牙儿。

　　手机闹钟响起的那一刻，巴斯戴乐比我还激动地快步冲进了厨房。我还没进厨房，就听见一声惊奇的"哇"，接着他便抱着已经冰冻成形的巧克力从厨房里跑了出来，满脸都是崇拜的神色："米苏，你居然做了巧克力！"

　　话音落下后，他的脸颊突然涨得通红，像缺氧一般，眼睛里却还是带着幸福的神色。

　　"你怎么突然脸红了，难道对巧克力过敏？不应该啊，你不是还没吃吗？"我有些担心地伸手要去摸他的额头，他却有些别扭地躲开了。

　　他微微低下头，那张英俊的脸染上红晕后竟弥散着一股暧昧的气息，他也不看我，只是如自语般轻声说："没……没有。我身体这么强壮，怎么可能过敏！"

　　我狐疑地又看了他一眼，最终还是缩回了手："既然没过敏，你就先施魔法吧。"

　　"好。"他满脸通红地将巧克力放在一旁的桌上，又盯着巧克力看了好几眼，这下竟然连耳根都涨红了。

　　"你到底为什么脸红啊？"我再也看不下去了，追问道，"面对巧克力有什么好脸红的？"

　　"不是，米苏……唉，我要怎么跟你解释比较好呢？你听了不要打我。"他突然抬起头一脸郑重地望着我，抿了抿唇，思索了好半天才认真地开口，"在我们的世界里有一个不成文的规定——女孩会亲手为自己心仪的人做巧克力。虽然我知道这个世界上没有这么多乱七八糟的规定，但是我一看到你给我做的巧克力就觉得……你看，你现在住在我家，我们这么亲密无间……"

他越说声音越小。

不知道为什么，听了他的话，我也变得尴尬起来。

我低着头，脑海中似乎有一个小人正叉腰教训自己：米苏，你在尴尬什么，不过是巧克力而已！

我有些懊恼地晃了晃脑袋，想让自己快点摆脱这种念头，心却莫名地悸动起来，"扑通扑通"地跳了好几下，就像小鹿乱撞一般，我的脸颊也开始发烫。

"你别乱想了。"我别过头让自己冷静下来，胡乱嚷嚷了一句，然后把装巧克力的铁盘往他面前又推了一点，"快施魔法让我看看效果怎么样。"

"不要急。"巴斯戴乐转身回厨房拿了一个小铁盘出来，小心翼翼地夹起一块巧克力放在小铁盘上，然后闭上眼睛念念有词地施起魔法来。

只见一束光射入巧克力里，整块巧克力外面也笼罩着一层金色的光晕，熠熠生辉。

"好了。"等光芒散去，他才缓缓睁开双眼，将盘子端起来递给我。

已经不是第一次吃被施了魔法的食物了，我毫不犹豫地拿起巧克力塞进嘴里，来不及细细品尝自己的手艺，胡乱嚼了两下就直接吞进了肚子里。

巧克力下肚，与往常不一样的是，我没有感觉到任何变化。

抬头一看，巴斯戴乐正拿起没施过魔法的巧克力津津有味地品尝着：

"米苏，你现在再唱首歌给我听听。"

我点点头，深吸一口气，却忽然觉得有些紧张。

我只觉得手心开始冒冷汗，却还是提气唱出声来："死了都要爱——"

下一句还没唱出来，巴斯戴乐已经扔掉巧克力朝我扑了过来。

"扑通——"

没有任何防备的我被他直接扑倒在地。他立刻狼狈地从我身上跳了起来，然后伸手把我拽起来，挠了挠自己乱七八糟的头发，干笑道："刚才没忍住，没忍住……"

"还是很难听吗？"我已经听出他的言外之意，沮丧地低下了头，"其实我自己也听出来了，嗓音没有一点变化，是不是我唱歌实在太难听了，连魔法也拯救不了？"

"我也不知道。"巴斯戴乐有些难为情地摇头，"也许是我法力还不够强，魔法失败了。可是不应该啊……唉，我也不知道怎么了。我们再想想别的办法吧。"

"好吧。"我原本澎湃的心情瞬间如同死水一般，波澜不惊。

巴斯戴乐此时也和我一样，就连巧克力也吃不下去了，他又低头看了一眼巧克力，转身将铁盘放回了冰箱里。

屋子里面的气氛一下子变得低沉起来，就连空气都仿佛比刚才流动得慢了一些。

天色已经完全黑了，屋子里面的灯光显得灰蒙蒙的。我只觉得心里一片混乱，扔下一句"我去洗澡"，便钻进浴室里面去放水。

放好水，我拿上换洗的衣服进了浴室，将所有的照明灯都打开。暖橙色的灯光将浴室的每个角落照亮，一尘不染。

我泡在浴缸的热水里，想用水洗净自己内心的烦躁。

腾腾的热气化成白雾，从浴缸缓缓升腾起来，萦绕在整个浴室上空，一片水雾氤氲。

我躺在热水里，只露出一个脑袋。室内的热气让我有些昏昏沉沉的，这种不清醒的状态却让我清晰地想起了白天发生的那些事情。尤其是林泽亚在看到霍羽灵的那一瞬间，直接无视我跑过去的画面，一遍一遍放映，让我内心无比煎熬。

果然，越安静越容易乱想。

尤其是在自己好不容易想到的计划失败了以后，我有一种走上绝路的感觉。

为什么？到底是为什么就算吃了施了魔法的巧克力，我唱歌的声音还是没有一丁点改变？难道真的已经难听到连魔法都拯救不了的程度吗？

我蓦地坐了起来，手扶住浴缸的边缘，开口小声哼唱道："想留不能留才最寂寞，没说完温柔只剩离歌……"

声音自口中发出，如流水般温润，到达高音又如黄莺般高亢迷人，和刚才的破锣嗓子完全不一样。

听到这声音，我浑身一震，整个人都怔住了，不由自主地伸手去触碰自己的嘴唇，在感受到手上水珠的湿润时，才意识到这不是在做梦。

那声音，真是从我喉咙里发出来的！

难道因为刚才吃得太匆忙，没有细细咀嚼，所以延缓了魔法生效的时间，现在才真正生效？

想到这里，我直接从浴缸里站了起来，连衣服都来不及穿，匆匆忙忙裹了一条浴巾便推门跑了出去。

巴斯戴乐还在客厅里看电视，听到动静刚说了一声"洗完了吗，那我去洗澡了"后，突然瞪大眼睛张大嘴巴愣愣地看着我，结巴起来："你怎么衣服都不穿……是忘记拿衣服了吗……"

他的话还没说完，我已经激动地冲到他面前，完全忽视他刚才的话，兴奋地大喊大叫道："你再听听我唱歌，魔法好像生效了，我唱给你听！"

刚才的声音让我有了十足的信心，我一只手按着浴巾，一只手捂着腹部，深吸一口气唱了出来："想留不能留……"

才开口，我就自己打住了。

刚才的天籁之音全然不见，我的声音又变回了最初嘶哑难听的状态。不知道是不是有了对比，这声音比最开始更让我难受，我一下子变得无比难过，双腿一软直接蹲在了地上，将头深深埋进臂弯。

为什么？为什么？明明刚刚变成了天鹅，却又瞬间变回了丑小鸭。

是魔法又失效了吗？我还是那个我。别人唱歌要钱，我唱歌要命，这句话说得真是太好了。

巴斯戴乐也在我旁边蹲了下来，想要安慰我，却又不知道怎么开口。

我喃喃道："明明刚才……刚才很好听啊……"

"刚才？"他疑惑地重复了一遍我话中的这两个字，低落的情绪忽然变得高昂起来。

他一把抓住我的双手，激动得像个孩子一样，两眼放光："米苏，我想起来了！这款巧克力叫'人鱼公主巧克力'，人鱼公主是用自己的声音交换了双腿。如果想要重获声音，那就只有重新回到水里才行。所以刚才你在洗澡的时候唱歌才发现声音那么好听，一旦从水里出来，就又变回了原样。"

人鱼公主……水……

我仿佛也明白了什么。

可是受到这种限制，我怎么才能在比赛现场发挥良好呢？我总不可能在台上洗澡吧？

我还在纠结这个问题的时候，巴斯戴乐却头一次聪明地想出了好点子："还记得比赛场地是在室外吗？我之前听了《天气预报》，明天的天气是多云转小雨，明天你参赛的时候，淋了雨就和在泡在水里没有两样了，声音就会变得像天籁。米苏，我是不是很聪明？"

"真是太聪明了！"平时总嫌他笨手笨脚的我忍不住夸奖了他一句。

巴斯戴乐被我一夸奖，立刻高兴得快要飞起来了，在屋子里蹦蹦跳跳，到处乱窜。

我也激动地从地上站了起来，跟着他一起在屋子里一边哈哈大笑一边蹦了起来："太棒了，真是太棒了！"

太好了，有了这天籁之音，还怕打败不了其他选手？

到时候，哼，林泽亚，你就乖乖上钩接受惩罚吧！

我笑得根本合不拢嘴，巴斯戴乐也像个得到玩具的孩子一样开心得不得了，伸手就要来拥抱我。

我也欢快地张开了双手。

接着……

我忽然想起自己只裹着浴巾……

我低头望了一眼。

紧接着……

"啊——"

我尖叫出声，连忙伸手去捞下滑的浴巾，却只抓住了浴巾的一个角。

119

惊慌失措的我连忙转过身，回头惶恐地大叫："快转过去，快转过去，不准看！"

可是他已经被吓得僵住了，直勾勾地看过来，等反应过来再转过身的时候，已经晚了。

我手忙脚乱地捡起浴巾遮住身体，匆匆跑回了浴室。

浴室里还热气腾腾的，那股热气和我心里乱哄哄的热气交织在一起，让我整个人都焦躁不安起来。我把浴巾丢在一边，拿起衣服快速套在身上，脑子有些反应不过来。

不知道是不是浴室里太热了还是别的原因，我能明显感觉到此时自己脸上的温度在升高，从脖子一直烫到了耳后根。

我又在浴室里待了好久才出去。

巴斯戴乐已经将自己的生活用具和换洗衣服从房间里收拾了出来放在客厅的玻璃桌上，本来还盯着浴室门的他，见我出来，连忙偏过头假装在看别的地方。

我尴尬地望了他一眼，这才开口："我洗完了，你，你去吧。"我不由自主地有些结巴，目光四处乱瞟，就是不敢看他。

"嗯。"他还是没转头看我，"房间我已经收拾好了。"

我说了声"好"，一头钻进了房间，反手锁上了门。灯都没开，我直接躺在了柔软的床上，拉过被子盖住头。

安静下来后，就只剩下心跳的声音，"怦怦怦"，加速跳动，怎么都平静不下来。

❤3

第二天清晨，太阳刚刚从地平线探出半个头，我就已经从床上爬起来了。

不知道是不是昨晚睡得太早的缘故，明明是周日，我却没有睡懒觉。

叠好被子，拉开窗帘，任由暖暖的阳光洒满整个房间，我伸了一个懒腰，这才推开门走了出去。

来到客厅，巴斯戴乐还没起床。

这个笨蛋，居然没有回房，而是睡在了沙发上，毯子大部分都掉在了地上。

我径直进了厨房，从冰箱里找出最后一点食材，开始做早饭。

我热了牛奶，炸了油条，煎好鸡蛋后，巴斯戴乐还没起来。

牛奶放久了表面会起皮，鸡蛋冷了就不好吃了。我愁眉苦脸地看着锅里的这些东西，最后还是把手里的铲子一放，跑回客厅去叫他起床。

回到客厅，巴斯戴乐还是保持刚才的动作。他的睡姿虽然不雅，睡觉却极其安静，静到甚至让人觉得吵醒他是一种罪过。

我挪到他的面前，才发现自己不知道什么时候脚步也放轻了许多，我伸出手小心翼翼地将盖在他脸上的毯子一角掀开。

少了毯子的遮挡，那张帅气的脸庞一览无余地呈现在我眼前——下巴很尖，头发有些凌乱，平日里那双充满灵性的眼睛紧紧闭着，睫毛卷翘迷人，最吸引人的还是那微抿的嘴唇，带着一种诱人的淡粉色，嘴角轻轻上扬，好像是做了什么美梦一般。

我看得有些蒙了，连忙拉开距离，心中却还是涌出一阵莫名的悸动，整个人变得坐立不安起来。

就在我有些迷惘的时候，原本还在熟睡的巴斯戴乐毫无预兆地睁开了双眼，直勾勾地看着我，吓得我后退了两步。我还没来得及做出其他反应，他便掀开被子坐了起来，笑嘻嘻地跟我打了个招呼："米苏，早上好啊！"然后又不知廉耻地来了一句，"你是不是偷看我睡觉，有没有被我的帅气迷住？"

"谁偷看你睡觉了，我是来叫你起床的！太阳都晒屁股了，再不起床早饭要凉了！"我把掉在地上的毯子捡起来放回沙发上，扔下一句话转身就跑回了厨房。

等我把早餐端出来的时候，巴斯戴乐已经洗漱好乖乖坐在餐桌旁举起刀叉等着了。我把早餐放在他面前后，他还幸福地双手合十许了一个愿，才吃了起来。

吃完早饭时间还早，我们不慌不忙地把东西收拾好才一起去往市中心的步行街，到了才发现人山人海，报名参赛的人完全不管开始时间，甚至有昨天晚上就在这里排队的。

这阵容，着实让我吓了一大跳。

原本周日步行街上的人就不少，再多了这么多排队报名的人，因此还是大早上，就拥挤了起来，甚至已经有警察来维持秩序了。

我和巴斯戴乐费了好大力气才挤进了排队的地方，伸长脖子往前一望，不禁有些绝望。

可是来都来了，总不能退缩吧。

我们两个只好硬着头皮排起队来。

又过了半个小时，才总算到了报名时间，队伍开始一点一点前进了。

我这才发现，大部分人都是来咨询的，真正报名的人还是少数。可是另外一个消息让我恍若遭遇晴天霹雳——当场报名就必须当场上台。

也不知道那些打听了消息就走的人是不是被这个吓到了，我听到这个消息，看到刚报名上了舞台开始演唱的人，也觉得有些蒙。

不是多云转小雨吗？怎么今天天气这么晴朗呢？

早晨还调皮地躲在云朵后的太阳现在已经高高悬挂在了天空中，阳光火辣辣地照射着地面。这天气，别说等到我报名了，就是等到晚上也不可能下雨。

怎么办？我忽然慌了起来，转过身焦急地望向身后的巴斯戴乐，说话声音又不敢太大，怕被周围的人听到："要现场表演，怎么办？没办法等到下雨的时候了。"

好在周围十分吵闹，再加上四面八方好几个音箱都在播放舞台上正在演唱的人的歌声，就连巴斯戴乐听我讲话都有些费力，根本不用担心被其他人听到。

他神神秘秘地凑近我耳边："米苏，我发现你自从变漂亮了以后也同时变笨了！这件事情我早就帮你想好了，你到时候直接上台就行，不用担心！"

"是吗？"我半信半疑。

巴斯戴乐虽然好像也没做过什么特别不靠谱的事，可是为什么他信誓旦旦说出的话，我就是觉得那么难以相信呢。

可是来都来了，今天不参加，以后说不定就没机会了。既然他这么说了，就姑且相信他一回吧。

我努力鼓起勇气，继续排队。轮到我的时候，已经是中午了，阳光比早上时还要热烈，周围还有人把冰柜推了过来，卖起了饮料和冰激凌。

工作人员登记了我的名字后，又在我的衣服上别了一块带数字的牌子，才微笑着让另外一个人带我上了舞台。

一直到真正走进比赛场地，那种紧张的气氛才彻底感染了我。舞台是临时搭建而成的，却一点都不显粗糙。舞台上铺着鲜红的地毯，聚光灯从四面八方聚集而来，照射着正中央。

我走到舞台下面的那一刻，紧张得有些失控，脑子里开始快速回放平日里看到的那些淑女走路的姿势，挺胸收腹，扬起脖子，迈着小碎步踏上了舞台。

刚上舞台，下面就响起了掌声。

主持人介绍了我的参赛资料后，便将话筒递给了我。

一瞬间，刚才还照在主持人身上的聚光灯便聚集在了我的身上。

我拿着话筒深吸了一口气，目光在下面的观众身上游移着，想要找寻巴斯戴乐的身影，却发现怎么也找不到。

而背景音乐已经根据我报名的时候填写的演唱歌曲播放起来，前奏悠扬，眼看快要到第一句了，我急得几乎哭出来，真想扔下话筒直接跑下台。

可是这不可能。

我有些绝望地闭上了眼睛，准备胡乱唱。忽然，一滴冰凉的水落在了我的鼻尖上，紧接着，第二滴、第三滴……

刚闭上眼的我像是抓住救命稻草一样，瞬间睁开了双眼，张望着周围。

明明刚刚还是艳阳高照的大晴天，现在却下起了雨。

　　雨水似乎一触碰到我的肌肤就产生了魔力，快速平复了我紧张的心情，让我的焦躁不安也渐渐消失了。而这时，歌曲的前奏放完，我开口深情地唱了起来："下雨了怎么办，我好想你……"

　　才开口，掌声再一次响了起来。

　　这首歌是我和巴斯戴乐商量好后定下的。

　　就如同现在的场景一样，雨水一滴一滴往下落，落在舞台上，快速融入了地毯里，让原本就鲜艳的地毯更加红艳。

　　雨水让空中也微微氤氲着雾气。

　　我穿着一件白色的纱裙，化着淡妆，就这样置身于雨中，用忧伤的嗓音，唱着这首歌，如同雨中精灵一般——

　　……为什么失眠的声音

　　变得好熟悉

　　沉默的场景

　　做你的代替

　　陪我听雨滴

　　期待让人越来越沉溺

　　谁和我一样

　　等不到他的谁

　　爱上你我总在学会

　　寂寞的滋味

　　一个人撑伞

一个人擦泪

一个人好累

怎样的雨 怎样的夜

怎样的我能让你更想念

雨要多大 天要多黑

才能够有你的体贴

……

有了这雨水，我无比轻松地唱出了天籁般婉转却又凄迷的声音，目光在台下不断游移，却发现舞台下面并没有下雨。而舞台下的人都沉浸在美妙的歌声里，仿佛没有发现舞台上的异样。

终于，我的目光落在了不远处的高楼上，尽管楼上只有一个黑乎乎的几乎看不清的身影，我却依旧一眼就从身形辨认出那是巴斯戴乐。他正站在高楼上，不知道在施什么魔法。他努力挥动着手，一块小小的乌云聚集在我头顶上空，降下雨来。

就在这一瞬间，我的心跳毫无预兆地加快了。我一只手紧紧地握着话筒，另一只手抚上了胸口。我再一次闭上眼睛，用心地继续演唱。

就算这不是我本来的声音，我也要用自己的感情来完美诠释这首歌。这样才对得起巴斯戴乐辛辛苦苦给我人工降雨。

米苏，加油！

第六章
匹诺曹泡芙

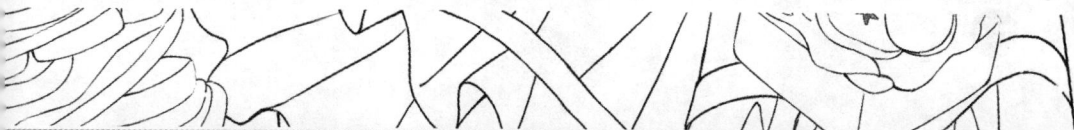

● 匹诺曹泡芙 ♥

甜点来历： 以童话《匹诺曹》为灵感制作的西式甜点。它是一种源自意大利的甜食。蓬松中空的奶油面皮中包裹着奶油、巧克力乃至冰激凌，吃起来外热内冷，外酥内滑，口感极佳。

魔法效果： 说出违心的话，鼻子就会变成很丑的猪鼻子，持续时间30秒。这是非常实用的魔法测谎小道具哦！

时间过得特别快，转眼就到了周一。

现在回想起歌唱比赛那天的一切，我还觉得如梦一场。当我一曲唱完，台下欢呼声、口哨声响彻全场。

我在大家的簇拥与欢呼中离开了舞台。这是我有生以来第一次站上这样的舞台，当然也是最后一次。虽然我成功地拿到了晋级入场券，不过下一次的比赛是在室内进行，不可能继续人工降雨，所以我不得不放弃。真没想到，我居然也会有被那么多热烈的掌声和赞誉的目光包围的一天，这让我自信心爆棚的感觉一直从昨天持续到现在。

我换好衣服站在镜子前，对自己的花容月貌十分满意。

啊！要是能一辈子都这样就好了。

我拉了拉校服裙，然后换上鞋子出门了。我出门的时候，巴斯戴乐还没有醒，显然那个家伙前一天累坏了。我在心里默默地跟他道了别，然后心情愉悦地向学校进发。

今天的天气特别好，阳光暖暖地照在我的身上，不时有微风吹过，给人一种很舒服的感觉。

我昂着头向前走，耳边突然传来小小的议论声。

"看，那个女孩是不是电视上的那个？"一个轻轻的女声传入我的耳中。

电视上的女孩？难道这附近有明星吗？

我左右观察了一下，发现附近并没有什么大明星之类的人。

"没错！没错！就是她！"一旁，一个努力抑制尖叫的声音响起。

就是她？她是谁啊？

我忍不住看向那两个议论的女生，当我对上她们的目光时，她们好像更加激动了。她们握着彼此的手，似乎在努力克制自己尖叫的欲望。

她们这是怎么了？被我的美色迷倒了？我现在已经好看到这种程度了？

想到这里，我忍不住有些沾沾自喜。

我什么时候变得这么自恋了？

　　我有些尴尬地摇了摇头，然后准备继续往前走，可是没走两步，就有几个人拦住了我的去路。

　　我不知所措地看着出现在我面前的四张陌生的面孔，他们无一不带着惊喜的神色看着我。

　　这几个人好像认识我，不然脸上为什么会露出那样的神色呢？

　　"我们认识吗？"我有些尴尬地问。

　　"你，你，你就是米娜小姐吧？"他们中一个长着一脸雀斑的白皮肤女孩兴奋地说。

　　我看着眼前的这个女孩，本想否认，可又突然反应过来。

　　"对，没错，我就是米娜。请问你是……"虽然已经做了三天的米娜了，但我依旧不太适应这个名字。

　　既然面前的这个人叫我米娜，那显然是这几天认识我的人。

　　"啊！没错！就是她！她就是米娜！"我的话音刚落，一个尖叫声随之响起。

　　我忍不住皱了皱眉头，不明白现在究竟是怎么回事。

　　"米娜！你简直就是我的女神！昨天听你唱歌，我都哭了！"雀斑女孩旁边的一个微胖男孩突然一个箭步冲到了我的面前，一把握住了我的手。

　　我无所适从地站在原地，尴尬地看着这个激动得有些颤抖的家伙。

　　"我也是，我也是！米娜，你能不能给我签个名啊？"一旁，一个穿着时尚的女孩挤开了那个握住我的手的男生，将纸笔递到了我的眼前。

　　我没有去接她递过来的东西，只是有些发愣地看着他们，脑中"嗡"地响了一声，整个人有些发蒙。原来这些人都是我的歌迷！我看着身边越围越多的人，不知道该如何是好。我从来没有想过，自己会成为人群的焦点，也没有想到大家居然如此亲切。

"米娜！米娜！"

我的耳边不时传来欢呼声，对于大家的热情，我不知道该如何应对，只能硬着头皮冲大家微笑点头。

上学的路本来不太远，可是今天我居然走了一个多小时，我的脸都笑僵了。还好我今天出门比较早，不然一定迟到了。

好不容易来到学校，那些热情的路人终于离开了。

我走进教室，坐在自己的位子上，长长地舒了一口气，本想趴下来歇一会儿，却被一群同学团团围住了。他们也是看了前一天的电视转播，很兴奋地恭维着我。

我本以为自己会对他们的恭维不屑一顾，可当那些赞美的话传入我的耳中时，我竟不自觉地有些飘飘然。

"米娜，这是我哥哥让我送给你的，他说他超级喜欢你。"一个打扮可爱的女生怯怯地说。

我看着她，虽然对她有些印象，但一时间叫不出她的名字，只能笑着对她点了点头，道了声谢。

她看到我笑了，似乎受到了莫大的鼓舞，一把将那个包装精美的礼物盒塞到了我的手中。

我拿着那个不是很大的礼物盒，不知如何是好。正所谓"无功不受禄"，现在莫名收到了礼物，我不知所措。

我刚想开口退还，身边的那些同学也纷纷拿出各种各样的东西递给我，有鲜花，也有饰品，更有精致的便当。

在我被大家围着的时候，突然有个女生拍了拍我的肩膀。

我转过头，看到了一张熟悉的面孔。

她是……我在脑海中搜寻她的名字，可是想了好久都没有想出来，我只记得好像在篮球社的啦啦队里看到过她。

"米娜同学，外面有人找你。"她小声地在我耳边说。

有人找我？为什么不直接进来呢？

我皱着眉头看向教室门口，一眼就看到了面带微笑站在那里的林泽亚。当我看到他那张带着虚假笑容的脸时，心中大喜。

看来我们抛出的鱼饵起作用了，大鱼要上钩了。

我缓慢地起身，在众人的注视下走向了林泽亚。

他显然比我更加习惯众人的目光，脸上的笑容明朗极了。

我看着他那笑开了花的脸，真想狠狠地给他一巴掌。

不过我忍住了。

我握紧拳头，努力挤出一个微笑："是你找我吗？"我尽量露出兴奋的神色。

林泽亚看着我，一脸温柔地说："我是特地来祝贺你的。"

"祝贺我？"我继续装傻。

这家伙一定是看了昨天的电视节目，发现我出名了，所以想要利用和我在一起的机会来提高自己的知名度。

我在心中冷哼了一声，可脸上什么都没有表现出来。

"米娜同学，没想到你竟然有着天籁般的歌喉。这种事情你居然瞒着我，实在是太见外了！"他亲昵地拍了拍我的脑袋。

我下意识地想要躲开，却并没有这么做，强忍着站在原地任由他"蹂躏"我的秀发。

"我不太懂你在说什么？"我故作天真地说。

林泽亚对我暧昧地一笑，说道："米娜，你去参加歌唱比赛的事情我都知道了，你的表现真的很令人惊艳！大家知道你是我们篮球社的经理，申请入社的人一天就增加了两倍！你才来没多久，就为我们社团做出了重大的贡献。"

听这家伙的语气，好像我跟他很熟似的。

我装作不好意思地低下头，趁着他不注意，狠狠地翻了一个大大的白眼。

"其实我没做什么……"我假装不好意思，小声地说。

"你太谦虚了，米娜。"他似乎有意提高了声音，好像是故意让教室里那些围观的同学听到一般。

这家伙还真是用心良苦呢，可惜他所做的一切都被我看穿了，在我的眼里，他绝对是个不折不扣的大浑蛋。

"没，真的没什么！我只是逛街刚好遇到那里举办活动，便参加了街头海选而已。也谢谢你特意来祝贺我，看到你我很高兴。"

我想对他不理不睬，让他在同学们面前丢尽脸，可我没有这么做。我觉得只是让他丢脸太便宜他了，林晴现在还躺在病床上昏迷不醒，绝对不能就这么放过他，我一定要让更多人看到他的真面目。

"高兴？"他挑了挑眉，有些疑惑地反问道。

我十分用力地点头："嗯，其实，其实从见到你的第一面起，我就很，很喜欢你，可你，你之前好像不太愿意跟我讲话，现在你，你主动来祝贺我，我真的很高兴！"

我咬着牙，每一个字都好像是从牙缝里挤出来的一样。这话听在别人耳朵里，或许像在努力抑制激动，但只有我知道，自己是在努力抑制恶心的感觉。

"米，米娜！"林泽亚一脸惊讶地叫着我的名字。

他脸上的惊讶表情在我眼中虚伪到了极点，我之前的表现已经特别明显了，他怎么可能不知道"我喜欢他"呢？

"我，我知道说这样的话可能会给你带来困扰，我并不是想要你给我什么回应，我只是想把心里话说出来而已。"我低下头，轻声说。

"傻丫头，你并没有给我带来困扰啊！"他面带微笑，神情中透着得意。

哼！你现在尽管得意！我现在把你捧得越高，将来你才会摔得越疼！

"真的吗？"我依然低着头，显得无精打采。

"那，那这样吧，为了证明你没有给我带来困扰，今天我做东，请你去吃饭，也庆祝你成功晋级，好吗？"他轻笑着说。

我一脸感动地抬起头看着他，为了营造出感动的情绪，我使劲掐了一下自己的大腿，好让自己热泪盈眶，看起来真诚无比。

"那，那怎么好意思。"

"没什么不好意思的，我们就这么说定了。快上课了，我要走了哦！"他说要走，却没有离开，似乎是在等待我的答案。

我用力地点了点头，然后笑意盈盈地看着他说："好。"

"那晚上我们在中心广场的查理西餐厅见吧！"他说完就转身离开了。

我看着他的背影，很想吐口口水，无奈教室里还有无数双眼睛盯着我，最终只能作罢。

我回到教室，丝毫不在意大家或惊讶或羡慕的目光。不一会儿，上课铃响了。

一上午过去了，午休的时候，巴斯戴乐突然来访，带着大包小包的食物和我分享。

我们俩一起坐在天台上，我拿了很多粉丝送的便当给巴斯戴乐吃，馋嘴的他开心极了。

"米苏，没想到你这么一出名，连我也跟着享福啊！"他啃着一只油汪汪的大鸡腿，口齿不清地说。

我有些无奈地看着他，摇了摇头，夹了一个紫菜包饭大快朵颐。

"果然胖子做饭都好吃！"我一边吃，一边开心地说。

"什么？"巴斯戴乐好像没有听清楚我说什么，抬起头看着我追问道。

"就是这个啊！"我指着面前的紫菜包饭说，"这是我们班一个胖子送我的，我本来以为胖子吃东西是不挑的，所以不一定好吃，可是现在看来好像不是这样的，胖子之所以会长那么胖，是因为他们都知道应该怎么吃！"

不知道是不是因为我的话，原本吃得津津有味的巴斯戴乐突然停下了动作。他皱着眉头看着我，神色有些异样。

"怎么了？"我还是第一次看到他这样的神色，怀疑是刚刚吃的东西沾在脸上了，下意识地摸了摸自己的脸。

"没，没什么。"虽然巴斯戴乐嘴上这么说，可是脸上的表情没有丝毫变化。

我不解地看着他。我总觉得如此严肃的表情是绝对不会出现在巴斯戴乐那张俊脸上的。

"到底怎么了？"我有些不安地问。

巴斯戴乐没有说话，只是抬头看了看晴朗的天空，然后似乎有些闷闷不乐地起身，说："我只是突然觉得你有点……"

他的话并没有说完，言语中带着我猜不透的犹豫。

"有点什么？"我见他半天也没往下说，不禁着急地追问起来。

"没，没什么！"他摇摇头，然后重新坐下，继续吃起来。

❤2

午休很快就结束了，巴斯戴乐虽然恢复了以往大大咧咧的样子，话却少了很多。

我不明所以，想了整整两节课，总觉得是我脸上沾了什么东西才会让他变成那样。下课铃响起，我一路小跑去了厕所。

我站在洗手台前看着镜子中的自己，白皙的脸庞上没有沾任何脏东西。那他为什么会那样看着我呢？

我不知所措地对着镜子发呆。

虽然没有沾什么东西，但我还是决定洗一洗。我打开水龙头，用手接了一捧冰凉的水拍在脸上。凉爽的感觉让我瞬间清醒不少。

然而洗完脸再次看向眼前的镜子时，我猛地愣住了。

"我……"我有些惊讶地用手抚摸自己的脸，那张漂亮的脸，那白皙的皮肤，那精致的五官已经消失不见，就连那飘逸的头发也变得有些干枯。

"啊！"我忍不住尖叫起来，然后冲进了厕所的隔间。我关上隔间的门，背靠着门板害怕得颤抖起来。

我怎么会变回原来的样子呢？

那个漂亮的我为什么会突然消失呢？

突然，我想到了之前巴斯戴乐告诉过我魔法的时效问题。

天啊！这几天太忙了，我竟然完全不记得这回事了。

现在想想，距离我变身确实过去了好几天。那现在要怎么办呢？我应该怎么做才好呢？

晚上还要和林泽亚吃饭啊！

难道我要戴着面纱去吗？这样肯定行不通啊！我一定要赶紧变回来才行！

想到这里，我赶紧掏出口袋里的手机，拨通了巴斯戴乐的电话。还好我有随身携带手机的习惯，不然这种紧急时刻，岂不是连搬救兵的机会都没有了？

电话倒是拨通了，可是一直没人接听。

那家伙在做什么？怎么不接电话呢？

"您好，您拨打的电话暂时无人接听，请稍后再拨。"电话里传来了机械而冰冷的声音。

这家伙，怎么在关键时刻不接电话呢？

我焦急地挂断电话又再次拨打，这样反复了十多次，巴斯戴乐仍旧没有接电话。

我眉头紧锁地看着手中已经接近没电的手机。

看来我是联络不上那家伙了。我绝望地坐在马桶上。

现在要怎么办啊？总不能就这么待着吧？可是现在我也出不去啊！我现在是米苏的样子，米苏已经作为交换生去了别的学校，万一被哪个认识我的同学看到，我该怎么办呢？

现在不能离开学校，更不能回教室，我只好打电话跟老师请了病假，然后静静地待在臭气熏天的厕所里。这一待就是一下午，直到天黑之后，我才趁着月黑风高离开。

我一路小跑，回到了巴斯戴乐所住的危楼。

我利落地掏出口袋里的钥匙开锁，然后用力地推开了大门。

"砰！"大门撞到了墙壁，发出巨大的声响。

屋子里一片漆黑，伸手不见五指。

那家伙不是万年宅男吗？如果没有什么事，他应该是不会出门的啊！我伸手在墙上摸索着，打开了灯。

灯光照亮了凌乱的客厅，客厅里空无一人。

"巴斯戴乐？"我试探性地叫了一声他的名字，并没有得到任何回应。

这家伙到底去哪里了啊？

我有些烦躁地抓了抓头发，环视四周，目光定格在了浴室的大门上。

这扇门……

我一边想着，一边走了过去，发现这扇门好像和我离开的时候不同，门把手去哪里了？

我伸手试探性地推了推门，发现门紧紧地锁着。

我敲了敲门板。

"巴斯戴乐？"我对着门内大喊。

"啊！米苏！救救我啊！"一秒钟之后，我听到一个熟悉的声音从浴室内传出。

这家伙果然在里面。不过他为什么会被关在浴室里呢？浴室门是怎么损坏的呢？我虽然有诸多疑问，不过现在最要紧的还是把那家伙从浴室里解救出来。

我环顾了一下四周，发现没有什么能用的工具。我手托下巴思考了一下。

"喂！你闪开！"很快，我就想到了办法。

"什么？"里面的巴斯戴乐不解地喊道。

"我说你离门远一点！"我一边扯着嗓子大喊，一边后退了两步。

"为什么？"里面的巴斯戴乐好像是要打破砂锅问到底。

"你要是不想受伤就走远点！"我一边扯着嗓子大喊，一边快跑两步，然后一个腾空，一脚踢在了浴室门上。

"砰——"

"啊——"

随着我的一脚飞踢，浴室门轰然倒下，随即我听到了两个声音，前者当然是浴室门倒塌的抗议声，后者……好像是巴斯戴乐的尖叫声。

我收回腿，跑进了浴室。

咦？不大的浴室里没有半个人影。巴斯戴乐呢？我环顾四周，目光落在打开的窗户上。那家伙该不会是为了躲避门板而纵身跳下去了吧？这里是3楼，虽然不算太高，可就这么跳下去也是会摔断腿的吧？

"巴斯戴乐？"我冲到窗口叫了一声。

窗外的爬山虎被夜风吹动，发出"簌簌"的声响。

"我在这里。"突然，一个略显虚弱的声音在我身后响起。

我连忙转身，却发现身后没有半个人影。这是什么情况？难道那家伙吃了什么甜点，隐身了？

"你在哪儿啊？"我有些不耐烦地问。

"门……"他支吾了半天，只说出了这么一个字。

门？我低头看向那扇被我踢坏了的门，这才注意到，从那扇门的下面居然伸出了两只修长的手。

这……

"巴斯戴乐！"我一边大叫着，一边搬开门板。

果然，那家伙被压在门板下面了，原本白皙的脸庞上满是灰尘，高挺的鼻子也被门板砸破了，流下了两行鲜红的鼻血。

"都叫你走开了啊！"我一边嘀咕着，一边扶起了满身伤痕的他。

我将他扶到客厅，他一头栽倒在沙发上，虚弱地叫唤着。

我也不敢怠慢，赶紧找出急救箱给他止血消毒。在这里住了一段时间，我对这个家里所有东西的位置也算是了如指掌了。

帮他包扎好伤口后，我给他倒了一杯热水，然后在他身边坐了下来。

他接过水杯喝了一大口水，却因为水温太高而烫得直吐舌头。我看着他那副滑稽的模样，忍不住笑了起来。

"米苏，你也太狠心了！你把我害得这么惨，居然还好意思笑。"他一边用手扇风，一边吐着舌头说。

我看着他，本想道歉，可转念一想觉得不对。他刚刚之所以会受伤，完全是因为那扇门，而我之所以会踢开那扇门，完全是因为他被锁在浴室里了啊！

说起那扇门，我连忙追问："你为什么被关在浴室里了啊？"

看浴室的门把手并不像是突然损坏，倒有些像是人为的，我总觉得眼前的这个家伙又在做什么蠢事。

"哎呀！这个就说来话长了！"听到我的问话，巴斯戴乐像是打了鸡血一样，突然来了精神。

"那就长话短说。"我无奈地摇了摇头。

"哎呀！我前两天看了个密室逃脱的方法，今天就想着试验一下，结果没有成功。"他噘着嘴，一脸委屈地说。

一听到他的话，我就忍不住冲他翻了一个大大的白眼。这家伙就不能消停一天吗？每次都这样，不是求生游戏，就是逃脱游戏，他就玩不腻吗？

"啊！对了！米苏，你怎么变回以前的样子了？"巴斯戴乐并没有在意我的白眼，而是一脸惊讶地看着我。

一听到他这话，原本已经被我抛到一边的怨气又重新聚集。

我猛地站了起来，叉腰看着他，恶狠狠地说："这还不都是因为你？上次吃的那个仙度瑞拉曲奇这么快就失效了，还好我恰巧去洗脸，不然一定会被别人发现。今天下午我给你打了一下午的电话，你居然都不接！"我越说越气，声音不断提高，"你都不知道就是因为你，害得我在学校的厕所里躲了一下午。"

"对，对不起啊！"不知道是不是被我愤怒的样子吓到了，巴斯戴乐愣了好久才结结巴巴地道歉。

"你都不知道我今天有多害怕，我多害怕让别人看到我这个样子！"我越说越来气，"我原本还以为你是出了什么事才没接我的电话，结果你竟然是出于这么愚蠢的原因所以才没能帮我！"我的声音不受控制地越来越大。

巴斯戴乐似乎是被我的高声调震撼了，他一句话都不说地站在原地，如同一个犯了错的孩子一般噘着嘴。

"你每次做这个什么逃脱游戏都没有成功，何必再做这种完全没有意义的事呢？如果你能把做这些愚蠢事情的时间用来练习做甜点，我看你早就成为正式的魔法师了吧？"

话刚说出口，我就后悔了，怒火也慢慢平息下来。

我有些不安地看向了一直没有说话的巴斯戴乐，他脸上神色复杂，有些委屈，有些不安，但更多的似乎是疑惑。

我开始担心了，是不是因为我说的话太重，伤到他了呢？

这个家伙虽然一向都没什么脑子，可是我的那些话……哎呀！我这该死的嘴，怎么就没个把门的呢？明明知道这家伙最在意的就是自己做不好甜点，我还说那样的话。

他看着我，目光与我的相交。

"你……"我刚想开口，却被他打断了。

"米苏！"他很严肃地叫我的名字。

这家伙一向都没正经，突然这样严肃地叫我的名字，让我不自觉地紧张起来。我现在是不是应该主动跟他道歉呢？

"你变了。"他看着我，漂亮的眼眸里写满了我读不懂的神色。

我变了？

我不太明白他究竟在说什么。

"你原来不会因为外貌的事情生气的。"他看着我，顿了顿之后继续说，"今天中午吃饭的时候，你嘲笑送你便当的胖女生，以前的你绝对不会那样。"

听了他的话，我猛地一震。

我嘲笑送我便当的胖女生吗？

我下意识地说出了那样的话吗？

巴斯戴乐的话犹如一颗炸弹，在我脑海中爆炸，让我顿时陷入一片混乱之中，这种混乱让我不知所措。

我看着眼前的巴斯戴乐，突然有些害怕。

我怕他那双清澈的眼睛，也怕他所说的一切都是真的。

是我变了吗？

"我奶奶曾经对我说，当人拥有过财富之后就会害怕贫穷；当人享受过富足的生活之后就会害怕受苦；当人高飞之后就会害怕掉落。而你……当你拥有过美丽之后，是不是开始害怕原本平凡的自己了呢？"巴斯戴乐盯着我，让我无所适从。

我觉得自己在他的面前好像被扒光了衣服，我觉得很羞耻想要闪躲，却无处遁形。

"我，我没有……"我的声音充满了不确定。

我不停地颤抖。其实我知道他所说的话很有可能是真的，但是我并不想承认。我害怕面对那个已经改变了的自己，丑陋和美丽在我心中如同天使和恶魔一般分为两派，争论不休。

"米苏……你要正视自己的内心。"巴斯戴乐一边轻声开口，一边将手伸向我，似乎是要拍我的肩膀。

看到他那只白皙的手，我下意识地后退了一步。

他的手抬起又放下，脸上的表情从紧张变为失落。

"唉……"他轻声叹了口气，然后快步走进厨房，不一会儿他从厨房里走出来，手里还拿着一个小小的泡芙。

"米苏，你把这个泡芙吃掉，它会证明一切的。"说着，他将泡芙递到了我的眼前。

我看着他递过来的泡芙，迟疑着，不敢伸手去接。

"我……"一方面，我真的很想知道自己到底是不是变了；另一方面，我又害怕知道答案。一旦答案如他所说，我该如何面对自己呢？

"你在害怕，对吗？其实你自己也注意到了，对吗？"巴斯戴乐的声音很轻，说出的话却如同一块大石压在我身上，沉重得让我喘不过气来。

"我，我没有……"因为他的这句话，我一把抢过了他手中的泡芙，塞进嘴里。泡芙里浓浓的奶油在我口中融化，那甜腻的感觉让我立刻精神了许多。

巴斯戴乐看着我吃完泡芙，然后说："那现在你告诉我，你是不是已经变了，你变得虚荣了，对吗？"

"我没有。"这句话如同我的口头禅一般，我连想都没想就脱口而出。话音刚落，我感觉鼻子突然一阵发麻。

我下意识地去摸，竟然直接摸到了鼻孔。

这是怎么回事？

我有些担心地跑进厕所照镜子，当我看清楚镜子中的自己时，忍不住尖叫起来："这……这是怎么回事？为什么我的鼻子会……"

"我刚刚给你吃的是匹诺曹泡芙，吃了这个泡芙之后，只要说谎话，鼻子就会变成猪鼻子，持续时间为30秒。"从客厅里传来巴斯戴乐的声音。

只要说谎话，鼻子就会变成猪鼻子，那我刚才……原来在不知不觉中，我真的改变了。我变得不像我自己了吗？不，不是这样的，我没有变……我的脑袋里一片混乱。

不行，我必须冷静一下！

我走到客厅，巴斯戴乐愣愣地站在原地看着我。现在的我真的不知道该怎么面对他。

"我要出去走走！"说完，我转头冲出了家门。

♥
3

我一路跌跌撞撞地跑到了大街上。我低着头，不敢跟任何一个人的目光接触。

145

我快步往前走，没有方向也没有目标。

"啊……"因为走得太快又没有抬头，我狠狠地撞上了一个路人。我猛地抬头，正对上那个被我撞得龇牙咧嘴的路人的目光。

"你没长眼睛吗？"那个路人捂着自己的胸口对我咆哮。

"对，对不起。"我点头哈腰地道歉。

"人长得丑就算了，连视力也不好吗？"那个路人听到我的道歉依旧不依不饶，尖着嗓子说出了十分刻薄的话。

他的声音引来了很多人围观，我想辩驳，可又无力辩驳。猪鼻子已经消失了，但是我现在的样子的确也不好看。当美女米娜跟当丑女米苏受到的待遇，天差地别。

"对不起！"说着，我朝他鞠了一躬，然后冲出人群大步跑开。

我用尽全力奔跑，直到再也跑不动。此时此刻在我的身边，一切的人、事、物都变得不再重要了。周围的环境没有改变，而我呢？

虽然没有定下目标，可我竟不自觉地来到了一个熟悉的地方——医院，是林晴所在的医院。我低着头走进了医院，浓重的消毒水味瞬间将我包围。我无力地走到了林晴的病房，病房里没有其他人，我猜想她的家人应该是回家了。

我在病床边坐下，看着躺在病床上如同木偶一般毫无生气的林晴。她的脸上还罩着呼吸器，手臂上还扎着输液针。

"林晴……"我轻声叫她的名字，纷乱如麻的内心在这一瞬间突然平静下来。这些天所发生的事情像电影镜头一般在我脑海中回放。

从林晴出意外到我找巴斯戴乐为她讨回公道，从我一步一步接近林泽亚到我变身，虽然计划在顺利进行，但我的内心也一直在改变。一开始，我只是想为我的朋友讨回公道，可是最近经历了这么多事情之后，我开始改变了，我沉迷于那本不属于我的漂亮外表和夸赞。就像巴斯戴乐所说的，我变了。

我轻轻握住了林晴的手，她的手依旧温暖，那股温暖直达我的内心。

"林晴，我好想你。"说着，我的眼泪夺眶而出。

她就在我的眼前，可我知道不管我如何呼唤她，她都不会有反应。我很想念和她吵吵闹闹一起去上学的日子，我很怀念和她分享一个红豆面包的生活。

"对不起，林晴。"我轻声说。

我看着如此安静的她，突然觉得满心愧疚。一开始，我只是想帮她讨回公道，惩罚那个害她昏迷不醒的坏家伙，可是我竟然差点变成了和那个坏家伙一样虚荣的人。

"我猜，你的朋友应该会原谅你的。"一个熟悉的男声在我耳边响起，我回过头，看到了巴斯戴乐那张带着笑意的俊脸。

"你，你怎么来了？"我有些不安地问。

虽然看到了他那阳光般的笑容，可我还是有些不安。今天我对他说了很过分的话，还不承认自己的改变，他会不会已经开始讨厌我了呢？

他看着我，眨了眨眼睛："我来接你回家啊！"

"接我回家？"我不知所措地追问。

他是决定不再帮助我了吗？是要把我送回家了吗？

"是啊！现在外面这么黑，你一个女孩子回家我不放心啊！像我这么有绅士风度的男生，当然要保护好你啦！"他笑着拍了拍自己的肩膀。

我看着他那副骄傲的模样，突然有种想笑的冲动。这家伙会不会太不记仇了啊？

我还什么都没说，这家伙就已经原谅我了？他这种跳跃性的思维，我还真是有点跟不上啊！

"今天的事，对不起。我，我确实是被华丽的外表、簇拥的人群和热情的夸赞冲昏了头脑……"我的声音越来越小，到最后就连我自己都听不到了。

虽然他不计较了，不过我还是想要跟他说清楚。

"嗯，看得出来！不过既然你已经意识到了，这一切就不重要了，不是吗？"巴斯戴乐一边说，一边特别自然地将自己的胳膊搭在了我的肩膀上。

这家伙……我看了他一眼，颇有些无奈。他就不能让我把严肃的事情说完再活跃气氛吗？

"这个给你。"巴斯戴乐将一块巧克力递到了我的面前。

我看着他手心里的那块巧克力，心跳竟不自觉地漏了一拍。

这巧克力不就是我之前做的吗？

"这是……"我不懂他把巧克力给我的意思。

"这次没有曲奇了，所以就给你这块仙度瑞拉巧克力吧！"他说这话的时候，口气颇有些不舍。

"你要是还不相信我，可以不必帮我了。"我有些尴尬地说。他一定是还在担心我会因为变漂亮而变得虚荣，才不想给我变身巧克力吧？

"不，不是啦！"他有些别扭地将巧克力塞到了我的手中。

“那你为什么一脸不情愿的样子啊？”我疑惑地追问。

“那，那还不是因为这巧克力对我来说有非常特别的意义啊！”他嘟着嘴说。

对他有特别的意义？

我不解地看着他，突然想到了之前他跟我说的话。他说在他们的世界，女生只会送巧克力给心仪的对象。

难道他……想到这里，我的脸颊不禁发起烫来。

“喀喀……”我轻声咳嗽了一下，将那块巧克力塞进了嘴巴。

甜甜的巧克力在口中融化的瞬间，我又从米苏变成了米娜，一个回到了最初的米娜，一个不会再被华丽外表和虚荣心左右的米娜。

我和巴斯戴乐一起向林晴道别之后离开了医院。

在内心，我做回了最初的自己，而巴斯戴乐也变回了以前那个没心没肺的巴斯戴乐。

在经历了这件事之后，我也突然对巴斯戴乐有了一个全新的认识。以前我一直以为他是那种从来不带脑子出门的家伙，没想到正好相反。有个成语叫大智若愚，形容他很贴切吧。小事和生活中很糊涂，但是关键时刻，他比任何人都能看清事实。

我很庆幸有他在我的身边。

看着他，我心中的阴霾一扫而空。

“谢谢你！”我轻声说。

“什么？”巴斯戴乐似乎没有听清楚我的话，转过头迷茫地看着我。

“没什么！”我冲他摇了摇头。

他转过头，继续往前走，但隐约之中我听到他说："不客气！"

呵呵，这家伙！

我微笑着，快步跟了上去。

第七章

皇帝的新衣水果塔

● 皇帝的新衣水果塔 ♥

甜点来历：以童话《皇帝的新衣》为灵感制作的英式茶点。水果塔是英式下午茶常用的一款甜点，一般是以各色水果搭配饼干或者蛋糕制作而成，味道鲜美，色彩缤纷，是一道极为漂亮可口的食物。

魔法效果：跟匹诺曹泡芙同款的测谎小道具，不过，只要吃下它，就会不由自主地说出内心最真实的话来，怎么也阻止不了。

　　早上我特地起得很早，精心打扮了一番，还换上一身漂亮的衣服，才去学校。

　　昨天经过巴斯戴乐那顿教训后，我总算意识到了自己最近的改变。如果不是他提醒，我可能就会变成自己最讨厌的那种人了，想想还真是有些可怕。

心态不同了以后，整个人都变得轻松了许多，就连走起路来都有一种飞起来的感觉，我走在通往学校的路上，不由自主地哼起歌来。

眼看着前面就是校门口了，周围都是学生，频频有人回头望向我。我向他们投以善意的微笑。就在这时，我忽然看见校门口站着一个熟悉的身影，他有些焦躁地东张西望，似乎在等谁。

这不是林泽亚吗？

我眯起眼睛看着他，不知道他究竟要做什么。

我还没来得及多想，他已经看到我了，迈着大长腿朝我走了过来。我朝他挥了挥手刚想打招呼，他却已经满脸怒气地开口质问我："昨天我们不是说好晚上一起吃饭的吗？你知道我等了你多久吗？为什么你没有来？"

他十分生气，额角青筋暴起，垂在身侧的手紧紧握成拳头，脸色青黑。他如此狰狞的表情让我不禁打了一个寒战，毫无预兆地紧张起来。

但我还是努力平复心中的慌乱，睁大眼睛无辜地望着他。

"对不起……"

我不停地眨眼，很快眼中盈满了泪水。

林泽亚的怒气收敛了几分，但他带着埋怨的话还是打断了我的话，继续在我耳边响起："你知不知道昨天你没有来，对我造成了多大的影响？昨天还有记者特地来采访，结果陪着我一起等了你一晚上，却连你的人影都没看到！"

"记者？怎么会有记者？"

我从他的话里听出了一丝端倪。

记者不可能知道我和他私下约定的事情，那么肯定是他偷偷通知了他们，然后装作自己什么都不知道的样子，让记者采访他。这样，第二天他肯定会登上各家报纸的头条，迅速出名。

再加上他那张本就帅气的脸，那些不知道他真面目的少女，说不定会被他的表象欺骗。

啧啧啧，好重的心机。

我看着他那张脸，真想狠狠地给他一巴掌，可是我忍住了。我的手紧紧握成拳头，指甲掐进了肉里，隐约的疼痛让我越发清醒。

真是天助我也！

昨天他设计好了一切，但正好我的变身魔法过期，我变回了原来的模样没法出门，让他做的一切努力都变成了泡影。

想到这里，我竟然有些激动。什么叫弄巧成拙，说的就是林泽亚。但我现在还是要跟他虚与委蛇。

林泽亚见我提问，意识到自己说漏嘴了，微微抿了抿唇，眉头皱了起来。沉默了好半天，他才将话题扯开："我也不知道为什么有记者来，可能是为了采访你吧。而且很多你的粉丝也过来围观了，就算你临时有事不能来，也应该通知我一声啊！你这样让我很难堪，大家都觉得是我倒追你不成。可是，明明你也对我……"

粉丝来围观？

来看热闹才是真的吧。

透露消息的如果不是你，我米苏的名字倒着写！

不过这样也好，我做这些要的不就是林泽亚表现出这种不择手段、爱慕虚荣的真面目吗？这样我才能利用他的心理来做文章啊！现在好了，不经意间事情就成功了一大半，真是天助我也。

我的心中早已乐开了花。

但是……

仅仅让他丢脸可不是我的目的，我要让所有人看到他丑陋的面目才够解恨。所以现在，还是要先妥协……

这么想着，我露出了愧疚的表情，咬了咬下唇，低着头，挤出两滴晶莹的眼泪，委屈地说道："对不起，对不起，我没想到事情会这么严重。昨天下午我哥出了车祸，医院打电话让我赶紧过去，我当时什么都顾不上想，就直接跑去医院了。等处理完医院的事情，我本来想通知你一声的，可是我发现自己没有你的电话号码，根本联系不上你。当时我哥虽然伤得不严重，可是医院里怎么都得有个人照顾，我实在是走不开……"

"没想到是这样……"我说谎话时面不改色心不跳，现在反而是林泽亚开始尴尬了，他搓了搓双手，似乎突然不知道该怎么开口了。

我连忙含着眼泪点了点头，真诚地望着他："所以我真的不是故意爽约的。如果我知道昨天的事情会那么严重，无论如何我都会抽空去赴约！你要相信我！就算你不原谅我也没关系，这件事情本来就是我的错……"

"好了好了，你别自责了。"我这样一味地把责任往自己身上揽，林泽亚更加过意不去了，连忙开口阻止我继续说下去，小麦色的脸庞也染上一抹红晕，"发生这样的意外谁也不想的，这件事情不是你的错。作为妹妹，先去医院照顾哥哥是正确的做法。是我不对，没有问清楚原因就先来责怪你了。"

我看着他那张略带歉意的脸，心中忍不住赞叹：这家伙真是能演，他怎么可能会有歉意，他害得林晴到现在还昏迷不醒，他利用他那肮脏的手段毁掉了我的朋友，却丝毫没有歉意。

"你真好。"我甜甜地冲着他撒娇道，"不然这样吧，为了弥补，今晚我请你吃饭赔罪！"

"当然好啊！"他眼睛一亮，想都没想就点头答应了，然后从兜里掏出手机递给我，"输入你的电话号码吧，一会儿我给你发短信，这样就不会发生像昨天晚上那样联系不上的事了。"

我接过手机，输入自己的电话号码，递还给他以后礼貌地表示了一下自己要先回去上课了，才和他道别往学校里面走去。还没到教学楼，我就收到了林泽亚发来的短信，我将他的电话号码储存好，便将手机扔回了书包里。

今天真是一个非常好的开始！

中午一放学，我就小心地溜出学校，钻进学校外面的一条小巷，一路走出去，然后到达另一条街上。这条街上饭店很多，基本上都是为周边上班的人服务，我左顾右盼了一下，确定没有人跟踪，才钻进了一家饭店。

巴斯戴乐已经坐在饭店一个角落里，点好菜等我了。

我快速走了过去，往他面前一坐。

他一见我，就立刻撇着嘴嚷嚷起来："米苏，你的动作好慢，我都快饿死了！"

我抓起筷子夹起一个馒头塞进他嘴里："就你话多，饿了就吃啊！"

"我这不是想等你来了一起吃嘛。"他一边嚼馒头，一边含糊不清地说着，看样子的确是饿坏了，连白馒头都吃得津津有味，"对了，你这么急着叫我来干吗，有什么好事要跟我说吗？"

"当然是好事了。我一有好事就想到你，你是不是很感动啊？"

"真的吗？"巴斯戴乐歪着头，脸上写满了不相信。他上下打量着我，我被他怀疑的目光弄得有些不自然。

我朝他凑近了一点，压低声音神秘地说道："其实是这样的，我觉得林泽亚已经上钩了，不过这点还不够。今天晚上我要和他一起吃晚饭，他应该又会偷偷打电话叫记者过去，你有没有什么办法可以让他在记者面前丢脸？"

"丢脸哪里够。"巴斯戴乐不屑地哼了两声，疾恶如仇地说道，"对于这种坏人，一定要让他当着所有人的面说出自己所做的那些坏事才够解气！"

"他又不是傻瓜，怎么可能会说。"巴斯戴乐这话说了跟没说一样，我像只漏气的皮球一样趴在了桌上。

"你套话啊！"

"你以为我是警察吗？套话哪有那么容易啊？"我没好气地瞥了他一眼。林泽亚那个家伙那么精明，以我的智商和情商，显然斗不过他啊！

"嗯……"巴斯戴乐有些纠结地挠了挠后脑勺，"要不，试试催眠？听说催眠很厉害，可以让他说出你想知道的事情。"

"催眠？你最近电影看多了吗？"想都不用想就知道这家伙最近一定又看了什么奇怪的悬疑剧，不然怎么会想出催眠如此不靠谱的方法呢？

"催眠明明很神奇。"巴斯戴乐委屈地撇着嘴，"好啦好啦，我也想不出什么靠谱的办法了，只能用魔法帮你了。"说完，他低头看了一眼桌子上的食物，最后目光停留在了装水果塔的盘子上。

他伸手拿起一个水果塔放在手心，闭上眼睛念念有词。一会儿后，他睁开了眼睛，招手叫来服务员要了一个打包用的塑料盒，将手里的水果塔放进了塑料盒，然后才递给我，笑眯眯地说道："这样就好了。这是'皇帝的新衣水果塔'，吃下这个水果塔的人只会说实话。到时候你让林泽亚吃下水果塔，就可以准备看好戏了。"

我小心翼翼地将塑料盒捧在手中，点点头："接下来就看我的了！"

棘手的问题都解决了，我这才发现自己早就饿得肚子咕咕叫了，低头刚想吃东西，却发现桌子上的食物不知道什么时候已经被巴斯戴乐吃了一大半，只剩下一些残羹冷炙了。

"你……你……"

敢情刚才跟我讨论的时候，他一直在一筷子一筷子地往自己嘴里送食物，而我因为讨论得太投入，什么都没吃。

为了不引起太大的轰动，我嘴角抽搐了几下，最终还是忍住了心中快要爆发的情绪，又叫来了服务员点菜。

2

中午一过，下午的时间就像流水一样，"唰"地便过去了，快得让我有些措手不及。

放学铃响起，我却没有急着像其他同学一样快速起身收拾书包准备走，而是仍然低头望着抽屉里的那个塑料盒。

我伸手轻轻捧起塑料盒，盒子里的水果塔看上去没有任何异样。不过我知道，这是唯一能够让我的作战计划成功的道具。我生怕将水果塔碰坏了，力气都不敢稍大一点。

下午的时候我就已经选好了吃饭的地方，将名字和地址用短信发给了林泽亚，想必他现在已经迫不及待地赶过去了。

这个想法刚在脑子里闪过，我忽然听到了一个有磁性的男声从教室前门传来："米娜。"

我抬头望过去，差点吓了一跳。林泽亚居然背着书包站在前门朝我招手，见我看向他，还扬起灿烂的笑容说道："不是约会吗？当然要一起过去啊！"

"约会"两个字刚从他嘴里说出，教室里还在收拾书包的人全都停下手中的动作，朝他望了望，又转头看向我，然后叽叽喳喳、七嘴八舌地议论了起来。

他这步棋下得真妙。看似不经意地来教室找我，然后对着教室里其他人说出这样的话，其实是在告诉那些人今天晚上可以去围观我们约会。

不过，林泽亚，嘿嘿，过一会儿你就会知道你可是把自己逼上了绝路。

我面不改色地从座位上站了起来，收拾好书包，才捧着塑料盒走到门边，朝他笑了笑："走吧。"

见他的目光落在我手里的塑料盒上，我还特意讨好地将盒子递了过去："这是我自己做的水果塔，是不是很好看？你现在要吃吗？"

"一会儿再吃吧。"他没有起疑。

"好。"我不着痕迹地缩回手，跟在他身旁往前走。

出了校门上了出租车，不一会儿就到了吃饭的地方。这是一家高级西餐厅，从装潢到服务都是一流的，每天只招待五十位客人，如果不提前预订，几乎不可能有位置。

进了餐厅，报上自己预留的电话号码，等待确认后，服务员引领我们到了靠窗边的座位坐下，又转身去拿来菜单。

坐下以后我才感觉到有些不对劲，偌大一个餐厅竟然只有我们一桌客人。按理说我们放学才过来，时间已经不早了，可是现在……

　　我有些心虚地偷偷打量了一下，却见递给我们菜单的服务员脸上带着微笑，似乎一点也不觉得诧异。

　　为了不让自己表现得太明显，我最终还是收回目光，望向对面的林泽亚，扬起标准的微笑："今天请你吃饭是为了赔罪，你想吃什么就点什么，不要跟我客气。"我虽然微笑着说出这些话，可是一想到有限的零用钱，我就……

　　"赔罪说得太严重了，只不过是昨天的约会延迟了一天而已。"林泽亚一点都没客气，拿过菜单便点起了菜。但这说辞分明跟早上不一样，像是刻意说给其他人听一样。

　　如果说刚才我还一头雾水，但在他这句话说出来以后，我立刻就明白了过来。看来并不是没有客人来，而是整个餐厅都被包下了，毕竟今晚有记者来，如果还有其他客人用餐，一定会受到影响，这样对餐厅的声誉不利。

　　果然，我刚想到这里，闹哄哄的声音便从大门的方向传来，紧接着一群扛着摄像机的记者蜂拥而至。在看到我们以后，有人惊呼了一声："他们在那里！"然后，他们立刻如潮水一般，将我们迅速包围。

　　林泽亚刚好点完菜，将菜单递还给了旁边的服务员。服务员接过菜单便转身离开了。这样，记者们变得更加肆无忌惮起来，将我们围得水泄不通。不时亮起的闪光灯几乎刺痛我的眼睛，让我原本干燥的眼眶不自觉地湿润起来，有些难受。好在记者并没有凑太近，还是给我们留下了安全空间，只不过说话声稍大一点，就一定会被听到。

　　我努力眨了眨眼睛，然后重新拿起那个装着水果塔的塑料盒朝林泽亚递了过去："你应该已经饿了吧？要不先把水果塔吃了？"

　　林泽亚看了水果塔一眼，脸上露出了嫌弃的神色："我从小到大最不爱吃甜点。"

"可是这不一样啊，这是我亲手做的，是我的一片心意，你怎么能拒绝呢？"他刚才在学校时说一会儿吃，怎么到了餐厅就出尔反尔了？

我有些着急，伸出去的手迟迟没有缩回来，就这么捧着水果塔，用希冀的目光凝视着他，希望他能够稍稍动摇一下。

没想到的是，林泽亚又摇了摇头，像是下定了决心一样，不愿意吃水果塔。

"算了，不勉强你了。"我懒气地将手缩了回来，把水果塔放在桌子上，目光却还是忍不住往那边瞟。水果塔上面的草莓切片小巧可爱，安安静静地躺在奶油里，像是在嘲笑我的无能为力。

而周围的记者还是那样喧闹，闪光灯闪烁不停，让我更加心神不宁。

难道我要就这么妥协吗？然后任由记者遂了林泽亚的心愿，报道出让他受益无穷的新闻，我反而成了他获得名利的跳板？不不不，我一定不能让林泽亚得逞，不然我绝对不会原谅自己！

我心里的情绪像麻花一样拧成了一团，目光反复在水果塔上游移。

刚才拿着菜单离去的服务员又折返了回来，这次手里端着一个大餐盘，盘子里装着今天的晚餐——金枪鱼沙拉、鹅肝、牛排、汤、饮料……

唯独没有的就是甜点！

看来他是真的不喜欢吃甜点。

这还真是倒霉。要知道巴斯戴乐的所有魔法都是基于甜点施放的，结果偏偏遇上林泽亚这个不喜欢吃甜点的人。

我又看了水果塔一眼，最终还是兀自打开了塑料盒，将水果塔拿了出来放在一旁的盘子里，拿起叉子在水果塔上轻轻戳了一下，沾上一些奶油，点在嘴唇上面，目光瞟向一旁等待收集素材的记者，小声说道："为什么这些人总是跟着我们？"

"我也不知道。"他心虚地回答道，"可能是想从你身上获取新闻，正好碰到我们在这里约会吧。"

"原来是这样。那我们还是不要表现得太亲密，万一被拍到了不太好……"

这句话其实是我故意给他下的套，果然，话音一落下，林泽亚立刻急了，把刀叉一放，有些慌张地看着我："可是我们本来不就是在约会吗？你也说过你喜欢我啊！"

"是啊，我是喜欢你……可我现在是公众人物，一言一行都在媒体的监视下。我怕如果我们传出什么绯闻，会影响你的生活。"我眼帘一垂，做出一副不忍心的样子，"其实我真的很喜欢你，所以我才不愿意让这些事情困扰到你。"

"我不介意！"林泽亚斩钉截铁地说道，"米娜，我也喜欢你，如果这些事情都让你自己一个人承担，那我还算不算男人？"

见他上钩了，我心里一喜，朝他微微探出上半身，魅惑地眨了眨眼睛："那你证明给我看！"

"今晚你好美。"他也紧紧地凝视着我的双眼，缓缓地朝我凑了过来，凑到我身边的时候轻声说道，"米娜，我可以吻你吗？"

我轻轻点头，又朝他靠了靠，虽然露出羞涩的笑容，却一阵反胃。

忍住忍住，米苏，就要成功了，就当是被萝卜亲了。

我闭上双眼，睫毛有些颤抖，就在感觉他的气息越来越近的时候，忽然，耳边响起了玻璃盘子落在地上碎裂的清脆的声音，我惊慌失措地睁开了双眼。

下一秒，已经凑到我面前的林泽亚被服务员一把推开，就在林泽亚额角青筋暴起要发怒的时候，服务员却很淡定地说道："对不起，先生，经理让我来通知您，请文明用餐。"

话一说出来，我"扑哧"一声笑了，而服务员也转过头来望向了我，我一看，竟然是巴斯戴乐，脸上的表情立刻僵硬了。

不是说好让他待在记者群里偷看，我会自己处理好所有事情的吗？他怎么突然跑出来了，还打扮成这样？

糟糕，本来林泽亚都要吻到我了，眼看就要成功了，巴斯戴乐来了这一出，一切都前功尽弃。

而且……而且万一林泽亚见过巴斯戴乐，岂不是会知道我们是在设计他？

我惊慌失措地盯着巴斯戴乐，想让他离开。他却似乎看不见我眼里传递的信息，反而朝我走得更近了，忽然在我面前俯下身，用激动的声音说道："米娜？你是米娜吗？"

"我……"

我还没来得及回答，他已经兴奋得蹦了起来："你不用说了，你就是米娜！我是你的粉丝，一直很仰慕你，我不会认错人的！对了，我听说你很喜欢做甜点，不知道有没有机会品尝到你做的甜点？"说完，他一偏头，指着桌子上那个水果塔说，"刚才点菜的时候，这位先生没有点甜品，这个水果塔一定是你做的吧，可以给我吃吗？"

巴斯戴乐本来就有绝佳的容貌，现在又这样一脸期盼地望着我，还眨巴眨巴眼睛，竟有种勾魂摄魄的味道。

大概是他的模样引起了周围记者的注意，刚才还关注着我和林泽亚的记者已经将摄像机对准了巴斯戴乐，似乎对这个突然冒出来的服务员很感兴趣。

我瞪了他一眼，不知道他在卖什么关子。

结果下一秒，林泽亚就给我解答了这个疑问。

他提高了声音，对着巴斯戴乐不爽地问道："你是谁，没看到我们在约会吗？"

"我是服务员啊！"巴斯戴乐一脸无辜，"不过我也是米娜小姐的忠实粉丝。"

"我不管你是不是她的粉丝，那个水果塔是她送给我的，你想也不要想！"说完，林泽亚便伸手直接拿起了盘子里被冷落的水果塔，当着巴斯戴乐的面一口咬了下去。

我偷偷地朝巴斯戴乐投去"好样的"的目光，巴斯戴乐的嘴角勾起一抹玩味的笑。

见林泽亚将整个水果塔全部吃下肚，我才从椅子上站了起来，平视他，大声质问道："林泽亚，我有两个问题要问你！"

他大概没想到话题会突然转变，有些诧异地盯着我。

我清了清嗓子，继续说道："你为什么要和我交往？"

"当然是因为……因为……"他的脸色忽然变得难看起来。

我一看便知道是魔法生效了，他那些精心编造好的谎言被堵在了嗓子里，怎么也说不出来，倒是那些他不想说的话不断地往外冒："因为和你来往，我也可以跟着一起出名。"

我冷笑道："你这个两面三刀的小人。"

"不是这样的，我……"

"林泽亚，你以为我不知道你做过什么吗？当初在学校的时候，你和林晴交往，就是为了借此让自己人气高涨，结果伤害了一个单纯的少女。没想到你现在还执迷不悟，为了你所谓的人气和浮华的名利，再次做出这么龌龊的事情！"

"你……你怎么知道这件事，你是谁？"他瞪大了眼睛，不敢相信地望着我，嘴巴却完全不受自己控制，"我以为没有人会知道。林晴长得那么难看，怎么会有人看上她。如果和她在一起没有好处，我怎么会那么做？"

话说出口后，他的脸色变得更难看了，像是在懊悔，想要紧紧闭上嘴巴再也不张开，却又完全控制不住自己。

而周围等待着爆炸性新闻的记者早就疯狂地拍摄起来，闪光灯闪烁不停。

我看着林泽亚那错愕却又慌乱的脸，愤怒地冲着他大吼了一声："林泽亚，我真没想到你是这样的人！我以为你是真心对待我的，结果你不过是利用我而已。我……我看错你了，你以后都不要再来找我了！"

扔下这句话，我怒火朝天地转过身，拿起自己的包便朝门外快步跑去。

"米娜……你怎么走了？我的签名！"做戏要做全套，巴斯戴乐一见我走了，一边大喊，一边追着我往外跑。

出了饭店，我东张西望了一下，还是觉得这里不安全，干脆拐进了一旁的小巷子。追着我出来的巴斯戴乐也跟着进了小巷，我们两人褪去了伪装，自在地扶着墙哈哈大笑起来。

"米苏，你的演技真不错，刚才林泽亚脸都黑了。哈哈哈……"

我打了个响指："那当然，他今天一定比昨天还要丢脸。而且昨天他就放了记者鸽子，今天记者逮住这个爆炸性新闻，一定不会放过他的。我已经可以想象明天的报纸上会出现怎样精彩的新闻了。真不知道学校里那些爱慕他的女生会怎么想，说不定马上就倒戈相向了，哈哈！"

♥ 3

走出小巷，便到了公交车站。不知道是不是计划完成得太轻松心情太好，我们两人一致决定直接走回家，于是便一边继续讨论着，一边往回家的路走去。

忽然，我想起了什么，偏过头去问巴斯戴乐："对了，你今天怎么会突然跑出来，还变成了服务员？"

"这个嘛……呃……"巴斯戴乐摸了摸后脑勺，脸上浮现一抹红晕，却支支吾吾半天没有说出个所以然来。

看着他脸上莫名浮现的红晕，我的心里一阵悸动。

这种感觉奇异得让我有些紧张，我快速收回了落在他脸上的目光，低头望着地面，无聊地踢着地面的小石子。

结果明明已经盯着地面在走了，心不在焉的我却还是被凹凸不平的路面一硌，身体重心不稳，直直地往前面扑去。

"啊——"我尖叫了一声，手慌乱地在空中扑腾了两下，想要抓住周围的东西稳住身体，却抓了个空。

但是下一秒，我并没有像自己想象中的那样摔倒，反倒落进了一个温暖的怀抱。

而我的嘴唇，也稳稳地贴上了一个湿润的、软绵绵的物体，那触感如同棉花糖一般让人着迷。

接住我的巴斯戴乐身体明显一颤，脖子往后仰了仰，我嘴唇上的触感立刻消失了。

我定了定神，这才发现自己正被他双手搂在怀里，而他原本就有些红的脸庞现在更是像红苹果一样，一直红到了耳根。

"米苏。"他舔了舔嘴唇，忽然喊了我一声。

我这才发现这条街上竟然没有什么人，再加上天色已暗，只有路灯昏黄的光洒在地面上，有一种别样的景致。

"嗯？"我轻轻应了一声。

他没有松开我，放在我背上的手似乎在微微颤抖："米苏，今天晚上的事情……其实……其实我觉得自己好像有一点喜欢你了，所以我不想看到林泽亚亲你，不管是为了什么，都不可以。"话音落下后，他咬了咬下唇，睁大双眼望着我，像个孩子一样撒娇道，"你呢，你喜不喜欢我？"

没想到他会突然说这些，我脑子一蒙，心不自觉地猛烈跳动，那节奏快到心仿佛要从喉咙里跳出来一般。

我有些不知所措地也咬了咬嘴唇，却发现嘴唇上还有之前沾的奶油，甜得让人心醉。

明明是不知道怎么说出口的话，此时却变得无比自然，从心底喷涌而出："我也不知道……但是刚才你跟我说这些话的时候，我感觉自己的心跳得好快好快。"

我羞涩不已，想要低下头，巴斯戴乐却伸出手捏住我的下巴。

我不得不仰起头，直勾勾地望着他那双深邃得仿佛要将我吸进去的眼眸，抿了抿唇。

　　下一秒，他闭上了双眼，朝我凑了过来，嘴唇轻轻触碰到我的双唇，温柔如水，仿佛要将我整个人融化。

　　我听到他在我耳边轻声说："那你一定也喜欢我。"

　　我也闭上了双眼，微微踮起脚，朝他凑了过去。

　　是喜欢他的吧。

　　一定是的。

　　月光如水，清澈透明。

第八章

冰雪女王奶酪

SWEETY ALWAYS CHANGES

● 冰雪女王奶酪 ♡

甜点来历：以童话《冰雪女王》为灵感制作的一款发酵牛奶制品，其性质与常见的酸牛奶有相似之处，都是通过发酵而制成的，也都含有可以保健的乳酸菌，但奶酪的浓度比酸奶更高，近似固体食物，营养也因此更加丰富。

魔法效果：身为魔法小王子，怎能没有一点防身技能？这款甜品会让品尝者拥有冰雪女王的强大魔力，能把周围的环境瞬间冰封哦！杀伤力强大，要慎重使用。

　　清晨，阳光照进房间，躺在床上的我睁开眼睛，呆呆地看着天花板。昨天所发生的事情如电影镜头般在我眼前闪过。

　　昨天晚上的热情慢慢消退，随之而来的是满满的不真实感。

　　我伸出手，遮挡住了透过窗帘照进房间的阳光，白皙修长的手指让我更无法相信这一切。

我现在是漂亮的米娜，变漂亮对我来说如同一场梦，那么在梦中的情感
会不会也是假的呢？

突然冒出的疑问让我觉得害怕，原本雀跃的心情变得低沉，我使劲摇了
摇头，然后翻身起床。

来到客厅，我看到桌子上已经摆满了丰盛的早餐。看来巴斯戴乐很早就
起来了。我走到餐桌前，此时他刚好拿着碗筷从厨房里走出来。

我看着他，而他也恰巧看向我，我们两人眼神交汇，我愣住了，而他显
然也愣住了。我们谁都没有说话，他的脸很红，而我的脸颊也在不断升温。

"早，早啊！"他结结巴巴地开口跟我打招呼。

"呵……"看着满脸通红、表情别扭的他，我忍不住笑出声来。我没想
到一向粗神经的巴斯戴乐竟然也会害羞。

"米苏，你好坏，居然笑我！"巴斯戴乐将手中的碗筷丢到桌子上，一
个转身，一路小跑回了厨房。

我看着他那搞笑的模样，笑声更响亮了，原本萦绕在我们之间的尴尬气
氛瞬间消失了。

我和他有说有笑地吃完了早饭，他还特别热情地将我送到了学校。

来到学校之后我才知道，昨天晚上在西餐厅所发生的一切都被媒体报道
出来了。"某知名歌唱比赛的人气海选选手米娜喜欢上了一个男骗子"这样
的新闻一瞬间就成了大家茶余饭后议论的焦点。大家在同情米娜的同时，也
严厉谴责这个男骗子。

林泽亚一天之间就变得臭名昭著，学校的布告栏上竟然还贴着要他退出
篮球社的大海报。

我站在那张大海报前，嘴角不自觉地上扬。这个家伙终于受到了应有的

惩罚，我终于为林晴出了一口恶气。

我一边微笑着，一边考虑要不要今晚就去医院将这个振奋人心的好消息告诉还在昏迷中的林晴，如果她因为这个家伙得到了应有的惩罚而高兴得醒过来就太好了。

就在我沾沾自喜的时候，突然，一只强有力的大手抓住了我的手腕，我还来不及回头，另一只大手就捂住了我的嘴巴。

这是什么情况啊？光天化日之下绑架？因为我今天来得比较晚，现在已经临近上课了，布告栏这里没有别人，我连求救的机会都没有。

我被那双大手连拖带拽拖到了布告栏后面的角落里。

这时，我被放开了。我喘着气转过身，想要看看到底是谁在搞恶作剧。结果看到那个人的时候，我整个人就像是遭到雷击一般愣在了当场。

是林泽亚！

此时他戴着一个大大的黑色口罩和一副大大的墨镜，身上还穿着昨天那套衣服，所以我一眼就认出了他。

"你，你要做什么？"我有些警觉地说。

"哼，我要干什么？这句话应该我问你吧？"他冷冷地说，语气中充满了恨意。

"我，我怎么了？"我不自觉地后退了两步，可是后面没有路，只有一堵冰冷的墙。

"你怎么了？你还好意思说！要不是你，我会变成现在这个样子吗？说吧，你昨天到底耍了什么花招，用了什么手段？"他愤怒地摘下了墨镜，大大的黑眼圈赫然挂在他的脸上。

我看着他，沉默了好一会儿才开口："你还记得林晴吗？"我并没有回答他的问题，而是反问他。

我当然不会回答他的问题，我不可能向他透露巴斯戴乐魔法师的身份，毕竟这并不是普通人能够接受和相信的。

如果这个家伙还有一点良心，就应该记得林晴吧？

"林晴？"他被我的这句话问住了，愣在那里，他那双布满血丝的眼睛里写满了疑惑。

他居然连林晴是谁都不记得了？

我怒视着他，恶狠狠地说："她是我最好的朋友，她那么喜欢你，你为什么要伤害她？"

他好像被我的话弄蒙了，傻傻地站在原地，似乎是在脑海中搜寻"林晴"这个名字。突然，他像是想到了什么，猛地抬起头看向我，说："你是那个花痴丑女的朋友？"他上下打量着我，似乎很怀疑我的话。

花痴……丑女……

如果林晴知道她曾经那么喜欢的男生是这样评价她的，该多么伤心啊！我怒视着眼前的林泽亚，很想给他一巴掌。

我举起手，刚想狠狠地一巴掌甩在他那张讨人厌的脸上时，手腕却被他一把抓住了。

"你……"我气急，一时间竟然什么话都说不出来。

"哼！原来你是为了那个花痴来报复我的！我不管你昨天究竟使了什么手段，我敢保证你绝对无法使用第二次了！"他冷笑着说。

我看着他那愤怒到扭曲的脸，微微一笑，一口唾沫随即吐在了他的手上。

"你！"他一惊，松开了我的手。

"我也不会使用第二次了，现在大家已经知道了你的真面目，你已经臭名昭著，我的目的已经达到了！"我说完，撒腿就跑，一边跑，一边回头望去。

他并没有追来，只是在我后面恶狠狠地大喊："我一定会让你付出代价的！"

别人都说"人之将死，其言也善"，这家伙怎么就这么不知悔改呢？明明是自己做错了还不肯承认，现在竟然还威胁起我来了。

我当然不会害怕他啦！

"我们是正义的一方，消灭敌人……"我一路得意地哼着小曲，来到了教室。

2

一天的课程结束之后，我没有理会那些因为看到新闻而来找我打探消息的女生，一路小跑来到了校外。

巴斯戴乐穿着一身帅气的休闲服站在校门口等着我。一件白衬衣、一条卡其色的长裤将他衬得帅气无比。

"你总算放学了！我已经买好电影票了，我们快走吧！"他把手无比自然地搭在我的肩上。

身后，一群刚从学校走出来的女生看到了巴斯戴乐，个个露出痴迷的目光。我将那些目光一一挡下，然后得意地跟着巴斯戴乐一起向电影院进发。虽然到现在还觉得这一切很不真实，但我很享受。因为我决定活在当下。

"你买了什么电影票啊？"我一边跟着巴斯戴乐快步往电影院走，一边询问。

一想到看电影，我就不自觉地有些兴奋。说起来这算是我们俩的第一次约会，不对，准确来说应该是我有生以来第一次和男生约会。

"啊！就是最近特别火的那部电影！"巴斯戴乐说着，开始在身上摸索起来。

最近特别火的电影？说起来自从林晴谈恋爱之后，我就再也没有看过电影了，因为我总觉得自己一个人去看电影太凄凉了。

"啊！找到了！"他从口袋里掏出被揉得皱巴巴的电影票。

我看到那张票上赫然印着四个大字——分手大师。

这……这是什么预兆吗？我看着那张电影，一滴冷汗从额角流了下来。

"就没有别的电影了吗？"我有些无力地说。

"啊！有啊！我去买票的时候，还看到有部叫《分手快乐》的电影，听说也不错。"巴斯戴乐抓了抓他那头不服帖的乱发，一边回忆一边说。

这都是什么电影啊！

"哦！对了，还有一部叫《分手吧！火腿肠》！你想看哪部？这票好像还可以换。"他笑嘻嘻地对我说。

天啊！这都是些什么电影啊！我忍不住暗暗吐槽。

"就没有和'分手'这两个字没什么关系的电影吗？"我有些郁闷地问。

他抬头看了看天，想了一会儿说："嗯！好像有一部，似乎叫《人鬼殊途》……"他看着我，不停眨巴着他那双大眼睛。

这又是什么东西？我在内心咆哮着。

"好吧！就看你选的这部吧！"

电影院就在学校附近的商场里，入场之前，巴斯戴乐像个孩子一样买了一大堆零食。

别的情侣到了电影院这种浪漫的环境里都会拉拉小手，说说悄悄话，虽然我没有特别期待巴斯戴乐和我能够像正常的情侣一样约会，可是这个家伙居然全程都在吃零食和大笑，完全没有理我。我无数次以为那个家伙打算拉我的手，没想到他不是抓爆米花就是撕零食袋。

电影就在巴斯戴乐的进食和我恨铁不成钢的情绪中结束了，我不太记得电影内容，只记得巴斯戴乐那夸张到了极点的吃东西的声音。

电影结束，当屏幕上开始播放演员表，电影院的灯光也随之亮起。

"走吧。"我有些失望地说。

"好。"巴斯戴乐将撒满他周身的零食袋一抓，装进了巨大的垃圾袋里，转头看向我。一瞬间，他的脸上出现了十分明显的迟疑之色。

"怎么了？"我莫名其妙地看着他。

那个家伙愣愣地看着我，好一会儿才开口："你，那个……仙度瑞拉曲奇的魔法失效了，你又变回以前的样子了。"

我看着他那略显呆滞的目光，心中突然警铃大作。

他为什么会那样看着我？我变成了以前的样子让他很意外吗？他是不是不想看到我原本的样子？

突然间，一个很可怕的问题出现在我的脑海中——他喜欢的会不会只是漂亮的我呢？

我很想问问他，可是话到嘴边又被我咽了回去。

此时他的表情已经恢复如常，他对我微微一笑，说："我们走吧！"

我抬头看着他，他的笑容依旧明朗，仿佛刚刚在他脸上出现过的失神只是我的幻觉而已。

"好！"我轻轻地点了点头，然后率先走出了电影院。

回家的路上，我一直走在他的前面。我不敢看他，也不敢让他看到我。我害怕他会因为看到我这样一张脸而远离我，我开始回忆我和他在一起的全部细节。

他究竟是什么时候开始喜欢我的呢？

我并不知道，我只知道他跟我告白的时候，我是漂亮的米娜。

他喜欢我什么呢？

我想不出我有什么特别的地方，我既不漂亮也不聪明，我没有为他做过什么，还总是给他添麻烦。我什么都不好，他没有理由喜欢上这样的我。

我回头看了看他，走在我身后的他在看到我的一瞬间，帅气的脸上绽放出了耀眼的笑容。他是那么帅气，只有漂亮的米娜才能配得上他吧？平庸的米苏或许……

"米苏，你在想什么想得那么入神啊？路上我几次跟你说话你都不理我。"巴斯戴乐一边抱怨，一边从口袋里掏出钥匙开门。

我站在一旁，脑海中依旧混乱不已。我本来就不是一个特别善于思考的人，最近经历的事情太多了让我觉得很累。我快步走进客厅，呈大字状倒在了沙发上。

原本以为巴斯戴乐会跑过来跟我抢沙发，可是我错了，那家伙竟然一溜烟地跑进了厨房。

"乒乒乓乓……"我听到了一阵瓶瓶罐罐碰撞的声音。

那家伙在做什么？我皱着眉头坐起身来，就见他从厨房走了出来，手里

177

还端着一个漂亮的水晶托盘。

"来吧，公主殿下，快点来享用这颗美味的仙度瑞拉巧克力吧！"他走到我的面前，单膝跪地，如同迎接公主的王子一般。

我看着他那滑稽的动作，竟扬不起笑容。

我看着托盘里的巧克力，心中升起了一股难以抑制的情绪。这股情绪非常复杂，像是难过，又像是生气。

我伸手拿过托盘里的那颗巧克力。

这巧克力是之前我做的，我还依稀记得他在收到这些巧克力时脸上那羞涩的表情。他是那个时候喜欢上我的吗？还是说，他是在那个时候喜欢上漂亮的米娜的？

"怎么了？"似乎是注意到了我的迟疑，巴斯戴乐问道。

我看向他，他的脸上只有关切，并没有其他表情。

"你……"我有些迟疑，不过最终还是下定决心开口，"你是不是因为我变漂亮了才喜欢我？"

我的话让他脸上的微笑明显一僵，他微微歪头，像是思考又像是犹豫。

他迟疑的神色让我更加害怕。

他在思考我的话，还是在思考一个敷衍我的理由？

"我，我没有。"足足愣了十几秒之后，他开始变得慌张，慌忙摇头。

我看着手足无措的他，突然觉得这样的自己有些可悲。

如果我什么都没有问该多好！那样或许我还能够欺骗自己，假装这一切都是我想太多了。

"我累了，想睡觉了。"我有些无力地说，不想看此刻巴斯戴乐那张帅气又仓皇的脸。

　　我转身回到了房间，关上房门的那一刻，眼泪竟然不争气地掉了下来。

　　我背靠房门，心中空落落的。

　　这就是失恋的感觉吗？我觉得自己所有力气在刚刚的那一瞬间都被抽空了，周围的空气似乎静止了。

　　我低头看了看手中的巧克力，很想把它丢掉，很想不承认它的存在，可是我知道自己现在还需要它。我还有事情没做完，还有一堆烂摊子需要米娜去收拾。

　　我将巧克力塞进嘴里，甜甜的味道刺激着我的味蕾。我深呼吸，眼角的泪水滑入口中，巧克力的甜味和泪水的咸味混合在一起，变成了一种很特别的味道。

　　我无力地走到床边，一头栽倒在床上。我不知道自己是什么时候睡着的，我只知道自己是带着眼泪和心痛入睡的。

♥
3

　　清晨起床，因为昨天哭了太久，我的眼睛肿了起来。我站在镜子前，看着眼睛红肿的自己，心中空落落的。

　　我该如何面对巴斯戴乐呢？装成什么事都没有发生过，继续和他打打闹闹，还是老死不相往来？

　　我打开房门，走出房间。

　　"啊……"我一走出房间，就见顶着一双大大的黑眼圈的巴斯戴乐像门神一样站在我的房间门口。谁会想到一大早出门就看到这么一尊门神，我被吓得尖叫起来。

"米苏，你怎么了？"巴斯戴乐一个箭步冲到了我的面前，一把拉住了我。

看着他那副紧张的模样，我心里突然好暖，可当我看向他那双湛蓝色的眼眸，当我透过他的眼睛看到只属于米娜的漂亮脸孔，心又被冻结了。

"没什么。"我轻轻拨开了他拉住我的手，向大门口走去，"我去上学了。"

"我送你！"身后的巴斯戴乐马上追了上来。

我头都没回地说："不用了，我自己可以。"说完，我就关门离开了。

我的脚步并不快，可是巴斯戴乐依旧没有追来。在走出那栋危楼之后，我忍不住回头。

空荡荡的楼梯口没有半个人影，烦躁的情绪在我心中不断攀升。

"这个家伙，不让你送你还真的不送啊？"我有些气愤地喃喃自语。

哼！你不送我，我自己也能去。

我烦躁地转过头，意外地发现在我的面前站着两个穿着怪异的家伙。

炎炎夏日，这两个家伙竟然穿着密不透风的黑色风衣，戴着黑色的绒布礼帽、黑色的墨镜和画了一把大叉的口罩。

这两个家伙一定是变态狂吧？

我这样想着，侧身想要绕过他们。

结果他们像是看出了我的打算，也往一旁走了一点，刚好挡在我的正前方。

"你们……"这是巧合吗？我抱着怀疑的态度往另一边走，结果那两个家伙动作非常一致地再次挡在了我的面前。

"你们要做什么啊？"我忍不住后退了一大步，小心翼翼地看着他们。

这两个家伙把自己遮挡得这么严实，一定是不想让我看到他们的容貌。他们一定有鬼。

我后退了一大步，他们立刻前进一大步，将我们之间的距离控制在一步之遥。

"你是米娜？"良久，其中一个黑衣人用沙哑的声音问。

"啊？我……我是……不是……呢？"我实在不知道面前这两个家伙究竟想做什么，所以也不知道要怎么回答他们。

"没错啦！就是她！"另一个黑衣人的声音有些尖厉，听起来很刺耳。

"你们，你们到底要干什么啊？"内心警铃大作，我总觉得眼前的这两个家伙绝非善类。我再次后退，企图拉开一段距离以便逃跑。

"我们只是要带你去个地方见一个人！"

那两个黑衣人好像看出了我的心思，声音沙哑的黑衣人一个箭步冲到了我的身边，一只手抓住了我的手腕，另一只手捂住了我的嘴巴。

这家伙……到底要干吗？

我拼命想要挣脱他的束缚，这个时候另一个黑衣人也冲了上来，冷冷地胁迫我不要动，说到了地方就会把我放开。

我见怎么挣扎也没用，就只能任由他们摆布了。

在完全控制住我之后，那个声音沙哑的黑衣人从自己的口袋里掏出一个眼罩蒙住我的眼睛，我的眼前顿时一片黑暗。

他们到底要做什么？

一时间，我的脑海里出现了各种各样的猜测。

天啊！我现在可是米娜啊！如果他们要找我父母，要去什么地方找啊？

老爸老妈都以为我去参加交换生活动了，现在怎么可能相信我被人带走了，而且我现在的样子根本就不可能被认出来啊！退一万步讲，就算过几天魔法失效了，他们认出了我，也拿不出巨额赔偿金啊！

当然，这两个人带走我也可能不是要对我怎么样，说不定是因为我之前参加比赛，有什么疯狂粉丝想见一见我，所以我只要耐心等一等就没关系了吧……

胡思乱想着，我感觉自己被带上了一辆车。

车子行驶的时间并不长，虽然我竖起耳朵想听一听周围的动静，以此来判断自己所在的位置，可是不管我怎么努力都徒劳无功。

车子似乎停在了一个很空旷的地方，我被黑衣人连拉带扯地拽出了车子。走了大概十几米之后，黑衣人停下了。

"人带来了，我们的劳务费呢？"耳边，沙哑的声音突然响起。

"给你，管好你们的嘴巴！"在一阵数钱声过后，我听到了一个无比熟悉的声音。

这是谁？

我不停地在脑海中搜寻有关这个声音的记忆，一张一张脸孔在我脑中闪过，最终一张让我厌恶到了极点的脸定格。

是他……

眼罩突然被扯了下来，突如其来的阳光照得我眼睛生疼。我将眼睛眯成一条缝，努力适应。在我好不容易适应下来的时候，那张刚刚还只是浮现在我脑海中的脸呈现在我的眼前。

"啊……"我本来想大声吼出他的名字——林泽亚，但是看到他可怕的表情，我吓住了。

他看着我，微微一笑。

"很意外吗？"他的声音中带着一种疯狂到了极点的感觉，只短短的四个字就让我全身的汗毛都竖了起来。

这家伙要做什么？

我看了看周围，在我的身边有很多巨大的油桶，油桶外面都已经锈迹斑斑，看样子应该是放了很久。油桶边还停放着几台我叫不出名字的大型机械，上面结满了蛛网，看上去应该是很久没有使用过了。抬头，头顶的石棉瓦斑斑驳驳，几缕阳光透过石棉瓦的破洞照进来。看样子，这里应该是个废弃的仓库。

林泽亚慢慢地靠近我，他的表情让我感到害怕。

"你，你到底要做什么？"我强忍住心里的慌张，大声叫喊道。

不知道我提高声音叫喊，能不能让偶然经过的人听到？

"亲爱的米娜同学，我劝你最好小声一点！这里年久失修，若是被你的高分贝刺激到，说不定会坍塌哦！你头顶的石棉瓦虽然不是很重，不过从高处砸下应该也会要你的命吧！"林泽亚笑着说。

这家伙……虽然以前我对他就没什么好感，可是今天他让我觉得害怕。

"你为什么让我来这里见你？"这一次，我压低了声音。

"哼！"他冷笑了一声，"你自己心里不清楚吗？你害得我身败名裂，我只是想从你身上讨回一点赔偿！"

"你……你……疯子！"我看着他那癫狂的笑容，支吾了半天只说出这样几个字。

他脸上扭曲的表情让我有些害怕，我不知道这个疯子要对我做什么。他一定是要报复我，可是他会采取什么手段呢？

"没错！我是个疯子！"他一把扯住了我的领子，然后用力一甩，将我甩到了一个油桶边。

我的脑袋狠狠地撞上了油桶，一时间感觉天旋地转。

"你既然知道我是个疯子，当初就不应该招惹我！你要知道，疯子在受到刺激的情况下会……"他蹲在了我的面前，一把捏住了我的下巴，"发疯！"他这两个字几乎是从牙缝里挤出来的。

"你到底想做什么？"我心中不断打鼓，脑海里却一片空白。

"我啊，我只是想让你在这荒郊野外好好地待上一晚！"他松开了我的下巴，猛地站起身来背对着我。

"什么……什么？"我追问的时候，感觉自己的嘴巴都有些发抖了。

他没有再回答我，而是用力吸了一口气之后说："你想想，荒郊野外的废旧仓库，蛇虫鼠蚁出没，又没有灯光，你说你在这样的地方待上一晚，会不会也跟我一样疯掉？"

林泽亚的语气十分阴冷，让我后背的汗毛全部竖起来了。而最可怕的是，跟随着他的话语，我的脑海里浮现出了好多可怕的画面。

别说一晚上，就是让我一个人在这里待上一个小时我都会吓死的！

"别这样，林泽亚，你不能这么对我！你这样等于非法禁锢！"

我拼命挣扎，想逃跑，但是我的手被绳索绑得紧紧的，根本挣脱不了。

"哼，我只不过邀请我的同学来郊外游玩，谁知道她是怎么被关在废旧仓库里的，这跟我有什么关系？等一会儿，我就会锁上大门离开。在这里，你就算喊破喉咙也不会有其他人出现，你说我非法禁锢，我还告你诽谤呢……"林泽亚说完便得意地笑起来。

然后，他推搡着我走到废旧仓库中间一处没有长出杂草的空地。

我踉跄了一下，跌倒在地。

"林泽亚，你这样对我你会后悔的……"摔倒在地的我忍着疼痛对他大吼道。

但是林泽亚已经做好了离开的准备。他确认了四周没有其他逃生出口，然后点点头，表示满意，就迈步离开。但是走到门口，他似乎想起了什么，又退了回来。

他慢慢地走到我身边，然后拿出了一个银色的打火机，这让我全身的神经都绷紧了。

他想干什么？关我一晚上还不够，还想伤害我吗？我惊恐地瞪着他。

不料，他却从口袋里拿出了一支早就准备好的小蜡烛——还是那种可爱的雪人造型的蜡烛，把它放在地上，然后用打火机点燃了。

"你这是做什么？"

"哦，这是我给你的一点安慰。米苏，这就是你今晚唯一的光明了，你可要小心，不要让它熄灭了，否则你就只能在黑暗中度过了……"林泽亚带着那种让人讨厌的笑容说完话，就得意地离开了。

"林泽亚，你回来……你这个可恶的坏蛋……等我出去我不会饶了你的！"听到门外落锁的声音，我大声地喊叫着，可是没有得到任何回应。

我瘫软在地。

从仓库四周高高的窗户里照进来的光线慢慢地暗淡下去，夜晚就要来了，而这个阴暗脏乱的废旧仓库里只有我一个人。

随着时间的流逝，我越来越害怕。角落里传来的窸窸窣窣的声音似乎放大了无数倍，让我心跳加速，呼吸急促。

不行，我不能这样坐以待毙。

我挣扎着起身，在看到那亮着的小雪人蜡烛后，眼睛一亮。

对啊，我可以利用烛火把绑住自己的绳子烧断，然后再想办法离开啊！只要小心一点，就不会弄伤自己！

想到这里，我立马行动起来。

我看准蜡烛的位置后，慢慢地转过身，将背在身后的手朝蜡烛缓缓靠近。我努力扭过头，但还是看不到身后的状况，只能凭借皮肤感觉到的热度来判断距离。

终于，我在被烫了一下后，将绳结对准了烛火！

我咬着牙，忍住高温带来的不适，让烛火灼烧着绳结……

良久，我感觉绳子一松，我的两只手终于重获自由！

我扯落绳子，站了起来。

"太好了，双手终于得到解放了！现在，我想想该怎么出去！"我一边激动地喊着，一边兴奋地活动手脚，却没注意到不小心踢翻了地上的蜡烛。

蜡烛滚到了旁边的杂物堆里，而杂物堆旁边，刚好是一个废旧油桶。

一瞬间，杂物堆上升起了淡蓝色的火苗，火苗迅速蹿高，变成了赤色。

"啊！"看到这一幕，我忍不住尖叫起来。

火焰沿着四周的易燃杂物飞快地蔓延开来，瞬间在我的周围筑起了一道赤色的火墙。火焰带来的灼热感让我睁不开眼睛。

"救命啊！"我大声呼救，得到的却是自己的回音。

我想冲向门口，但是火势越来越大，我被浓烟呛得猛烈咳嗽起来。

我年轻的生命今天就要结束了吗？

不要啊！我还有很多事情没有做，我还没有毕业，我还没有跟爸妈道别，我还没有和巴斯戴乐说清楚……

巴斯戴乐……早知道我昨天就不跟他闹别扭了。

"巴斯戴乐！"我轻声呼唤着他的名字，眼泪也不自觉地流了出来。

"米苏！"耳边突然传来一个焦急且熟悉的声音。

这是临死之前出现的幻觉吗？我竟然听到了巴斯戴乐的声音。

"米苏，你在哪里？"在我怀疑自己的听力时，那个声音再次响起。

问我在哪里？我忍不住朝四周看了看，在一处火焰较弱的地方，一个模糊的身影出现在我的眼前。

"我……喀喀……"我想开口呼救，可是刚开口就吸入了大量浓烟，我剧烈地咳嗽起来。

我再看向那个黑影的时候，发现那里的火焰也变得高涨了。我和他之间的火焰将我们俩分隔开来。

上天真是不公平，为什么连见最后一面的机会都不给我呢？

火焰让周围的温度越升越高，我的皮肤因为那灼热的温度开始发红发烫。

看来这一次我真的死定了。

我低下头，陷入了深深的绝望之中。

"米苏，米苏……"耳边居然还能听到巴斯戴乐的声音，这声音非常非常近，好像就在我的身边。

就在我的身边？我猛地抬起头，结果居然看到了巴斯戴乐的脸，不过此时他的脸被熏得很黑。

"巴斯戴乐？"我有些惊讶地看着他。

他是怎么冲破包围着我们的火焰出现在我面前的？

在看到他的这一刻，我突然觉得周围不再那么灼热，相反，竟然有一种清凉的感觉。

清凉？我环顾四周。让我瞠目结舌的一幕出现了——在我周围猛烈燃烧的火焰竟然消失了，取而代之的竟然是一层层白色冰雪，邋遢破旧的废弃仓库瞬间变成了洁白的冰雪世界。

"这是……阿嚏！"

被冷气包围，我忍不住打了个喷嚏，话还没说完，就听见巴斯戴乐兴奋地说："啊！米苏！让我给你介绍一下，这是我新研制的神奇魔法——冰雪女王奶酪。吃了这个奶酪的人能够瞬间变身为冰雪女王，将周围的一切冰封……"

"不要自吹自擂了，快点救我出去！"我有些无奈地说。

这家伙每次都抓不住重点。

巴斯戴乐闻言，连连点头。

可能是因为之前太过紧张，现在突然松懈下来，我只感觉全身乏力，腿一软，整个人向前倒去，还好巴斯戴乐一把接住了我。

他轻轻抱着我，怀抱传来的温暖让我整个人都放松下来。我闻到的不再是那刺鼻的烟味，而是清新的味道。

或许是猛地放松下来，我的眼泪再次决堤。

"米苏，你还好吗？"巴斯戴乐轻轻地拍着我的后背，声音十分温柔。

"我……"我想说我还好，可是又想到了另外一个问题。我从他的怀抱中抬起头来看着他："你是怎么找到我的？"

连我自己都不知道这是什么地方，他是怎么找到这里来的呢？他早上明明没有跟我一起出门啊！

"哎！米苏！这你就不知道了，爱人之间总是心有灵犀的！何况你身上还有我的信物呢！"

"什么信物？"

"就是那个钥匙扣啊！在遇到危险情况的时候，魔法师的信物会预警，也会帮魔法师定位。幸好你身上带着它，不然我可能会失去你，米苏……"巴斯戴乐一副心有余悸的样子，紧紧地抱着我不放。

"你是我最喜欢的人，米苏，没有你，我不知道该怎么办……"

看到他担心的样子，我的心里涌出一种甜甜的感觉，可下一刻我的脑海中就又出现了一个讨厌的想法。

"你最喜欢的人是漂亮的米娜，不是我！"我噘着嘴巴，有些难过地说。

"笨蛋！"突然，巴斯戴乐冲我大吼道，他叉着腰站在我的面前，一副恨铁不成钢的模样，"我喜欢的是你啊！是正义的米苏！不管你的外表是怎样的，我都喜欢啊！"

他的话让我震撼不已，我呆呆地看着认真的他，不知道应该如何反应。

"如果你不相信，我证明给你看！"他说着，开始掏口袋。

证明？我疑惑地看着他，只见他从口袋里掏出了一块融化变形了的巧克力，一个响指之后，他将其送进了嘴里。

"这是施了匹诺曹魔法的巧克力。首先，我要向你证明这块巧克力的确是施了魔法的！"

他严肃地解释着，在我点头后，他说了一句测试效果的话——

"巴斯戴乐做的甜点天下无敌。"

这句话出口后，他高挺的鼻子立马变成了滑稽的猪鼻子。

我忍不住"扑哧"一下笑出声来。

　　巴斯戴乐嘴角抽搐了几下，紧紧闭着嘴巴，等待30秒钟后，猪鼻子消失了，他抬手摸了摸鼻子，然后哼哼了一声，故作骄傲地说："现在确定甜点的魔法效果是真实的了吧？"

　　"嗯，很真实！哈哈哈，你的猪鼻子好好笑……"我忍不住笑出声来。

　　巴斯戴乐有些气恼地看了我一眼，但还是咳嗽了几声，抿了抿嘴巴，摆出一副非常庄重的样子："下面你听到的话，绝对出自我的真心，如果有一丝一毫谎言，那么我的鼻子就会再次遭殃。"

　　看他这么严肃，我放下了捂住嘴巴的手，收敛了笑容，认真地准备听他说话。

　　他湛蓝色的眼眸里映出此刻我的样子。还是漂亮的米娜，但是我觉得此刻巴斯戴乐的目光仿佛穿过这漂亮的外表，看到了内里那个一点也不好看的、脾气又倔强的米苏。他望着的是真实的我——米苏。

　　"米苏，我爱你！不管你是什么样子，我都爱你！我爱的是你为朋友奋不顾身的正义感，爱的是你真实的一切！"在被冰雪覆盖的破旧仓库里，巴斯戴乐举着手，如同宣誓般说出了这段告白的话。

　　我屏住呼吸，看着他。

　　心跳和时间好像在这一刻都静止了。

　　过了好久，他的鼻子一点变化都没有。

　　心"怦怦"地跳动起来，我感觉全身的血液都涌上了头顶，因为太感动，泪水在眼眶里打转，一句话脱口而出——

　　"我也喜欢你，巴斯戴乐！"

　　然后，我紧紧地抱住了他。

第九章

驴耳朵国王布朗尼

● 驴耳朵国王布朗尼 ♥

甜点来历：以童话《驴耳朵国王》为灵感制作的一款西式甜点。布朗尼属于重油蛋糕的一种，有像蛋糕般绵软的内心和巧克力曲奇一样松脆的外表。但它和一般重油蛋糕的区别在于通常较薄且较结实，不像普通蛋糕那样松松的，而且一定是巧克力口味，上面还会放杏仁或核桃装饰及调味，通常比较甜。

魔法效果：这是契约甜点，跟服用者订下契约，并且让对方服下契约甜点，如果对方违背订下的契约，那么他的耳朵就会变成可怕的驴耳朵！所以，魔法小王子是在提醒大家遵守诺言的重要性哦！魔法时效为10天。

♥

　　很久之后，我才抹干净脸上的泪水，放开巴斯戴乐，问一脸不情愿结束拥抱状态的他："我们现在怎么办？"

　　就算周围变成了冰天雪地，那股木头被烧焦了的让人恶心的味道却还是在空气中不断蔓延，让我有种反胃的感觉。

　　巴斯戴乐的眉头也紧紧皱了起来，他嫌恶地用手扇了扇风，拉着我就往外走，边走边说："走，我们去追林泽亚。他肯定还没走远，现在应该能追到他。"

"嗯。"我吸了吸鼻子点了点头，跟着他一起往外跑。

走了一会儿，我才知道巴斯戴乐为什么有这样的自信。

平日里他一副靠不住的样子，今天却像换了一个人一样，他直接带我抄近路快速往山下走，一边走，一边碎碎念："我来的时候用魔法查探了一下，要从这里离开就必须先下山，下山的路有两条，他走大路肯定没有我们走小路快，到时候我们直接在山下拦截他，一定能成功。"

又往下走了一会儿，我忍不住庆幸起来。难怪巴斯戴乐专门记了路，跟着他往外走我才发现，这一片的路线乱七八糟，又在荒郊野外，就算林泽亚没有丧心病狂地把我关起来，光是把我丢在这里也能让我迷路，最后命丧荒野。

我不由得心惊胆战起来，心里对巴斯戴乐的感激又多了一分。

总算上了大路，来到一座很长的桥上，两边是潺潺流水。荒郊的河流比城市里要清澈许多，空气也格外清新。已是深夜，天空中一轮圆月遥遥挂着，周围繁星点缀。

我跟在巴斯戴乐后面，拿出手机想要报警，想了想却又收了回去。

我并不是不想把林泽亚绳之以法，他这样的人，罪有应得。但我如何脱险的事无法解释，巴斯戴乐的魔法师身份不能暴露，不然不知道会引起怎样的轰动，给他带来什么样的麻烦。

巴斯戴乐正巧在这个时候转过头望向我，看见我把手机收回去的动作，他摸了摸鼻子，压低声音说道："整他还需要报警吗？我有别的办法，你先跟我来。"

说罢，他拉着我进了桥边的一片小树林，让我蹲在树后。

果然，不一会儿我们就遥遥望见了林泽亚的身影，他正朝我们这个方向快步走过来。

他走几步就转过头往后看几眼，额头上布满汗水，一脸做贼心虚的样子。

我刚想跳出去，却被巴斯戴乐一把拉住了。

我回头疑惑地望了他一眼，他却在我耳边说道："别慌，等他过来，不然他转身往回跑就不好办了。"

我点点头，耐着性子屏住呼吸等着林泽亚朝我们的方向一点一点靠近。

寂静的夜里，他的脚步声格外清晰。

就在他快走到我们身边时，一直没有任何动作的巴斯戴乐捡了一根树枝，悄无声息地伸了出去。

本来就有些心不在焉的林泽亚根本没有注意脚下，被树枝一绊，身体跟跄了一下，直接往前扑去。

巴斯戴乐拉着我从树后跳了出去，朝林泽亚扑了过去。

但林泽亚是什么人？他平时在篮球社天天训练也不是吃素的，只是往前扑了一下，跟跄了几步，就立刻稳住了身体，拔腿便跑。

我和巴斯戴乐扑了个空，转头交换了一个眼神，立刻追了过去。

可是我们两个平时都好吃懒做，缺乏锻炼，怎么追得上一个天天运动的人，距离很快就被拉开了。尤其是我，平日随便跑两步就气喘吁吁，今天居然跟着林泽亚跑了大半天还没有放弃，已经算是达到极限了。

我本以为巴斯戴乐会有什么有用的魔法，没想到他就跟吃错了药一样，一个劲地往前跑，一点停下来的意思都没有。

我有些吃不消了，喘着粗气跟在后面，埋怨道："我……我跑不动了。要不你去追，我在这里休息一会儿。"

话音刚落，我的步伐就慢了下来。

我刚想弯腰调整一下呼吸，巴斯戴乐却伸手拉住了我的手，拖着我继续往前跑。

我被他这么一拽，差点重心不稳往前扑去，还好及时稳住身体，却被他扯着不得不跟着他一直跑。我只觉得自己都要晕厥了，哭丧着脸嚷嚷："我们还要跑多久啊？"

"马上就到了，前面是死胡同，他刚才太慌张，跑错路了。"

果然，前面原本飞奔的林泽亚脚步一点一点慢了下来，然后，他蓦地停住了，转身一脸警惕地看着我们。

我远远地望见他身后竟然是一堵高高的墙，不留一点退路，而左右两边是浓密的树林，在暗夜里显得格外吓人。

"哈哈哈，你跑不掉了吧。"巴斯戴乐邪恶地笑了起来，笑声在周围回荡着。

他挑着眉毛，一点一点逼近林泽亚。

我敢打包票，巴斯戴乐朝林泽亚走过去时，一定是林泽亚最受煎熬的一段时间。我看见他脸上的表情由慌乱渐渐变成了愤怒，最终变成了不甘心，原本帅气的脸庞狰狞无比，青筋暴起。

我看到他垂在身侧紧紧攥成拳头的手，有些心惊地大呼了一声："巴斯戴乐，小心！"

只见快要走到林泽亚身边的巴斯戴乐一副早有准备的样子，直接往旁边一闪，躲过了林泽亚挥过来的拳头，然后手一抬，竟然紧紧抓住了林泽亚扬起来的手。

林泽亚本已身高傲人，奈何巴斯戴乐还要比他高上几厘米。

他被巴斯戴乐抓住了手臂，用力想要挣脱却徒劳无功，脸上的表情更加惊慌失措："你……你到底想要干什么？"

"我不干什么。"巴斯戴乐的声音听上去镇定自若，"我只是想跟你做一个交易。"

"什么交易？"林泽亚强忍恐慌，声音却依旧颤抖。

"你也知道今天你做的这件事情如果泄露出去会怎么样，不止是身败名裂，还有可能面临重刑……"

"你想干吗？"

"我想给你一次机会。"巴斯戴乐笑了一下，明明是天使般的容颜，此刻却诡异地带着邪气，让我看呆了，"也算是放过你一次。这次的事情，除了我们三个，不会再有别人知道，但是你以后也别再起什么坏心思。之前米娜那样对你，是想要让你为了你曾经做过的那些错事感到愧疚，没想到你不仅不悔改，反而加害于她。我们不是你的父母，没有义务教你，但是如果让你过得很舒服，我们会感觉很不爽。"

话音落下以后，巴斯戴乐另一只手伸进包里，拿出一块用盒子装着的布朗尼，在林泽亚刚想开口说话的时候，眼疾手快地将布朗尼塞进了他的嘴里，然后用手直接捂住了他的嘴。

林泽亚眼一红，直接抬腿朝巴斯戴乐的肚子踢了过来。

我在一旁看得心惊胆战，巴斯戴乐却再次将手一缩，躲开了。

林泽亚身体一软，直接蹲在了地上，干呕起来："你给我吃了什么？"

巴斯戴乐双臂抱在胸前，扬扬得意地说："放心吧，不是什么毒药，就是一块蛋糕而已。"

林泽亚冷哼一声："你会这么好心？"

"我当然不会这么好心。吃了这个，以后你只要再对米娜心怀恶意，打算做坏事的时候，就会自动长出驴耳朵。我想你这么顾及形象的人，应该不希望自己在众人面前像头蠢驴一样吧？"

说完，巴斯戴乐转过身冲着我俏皮地眨了眨眼睛，然后朝我的方向走了过来。

我已经休息得差不多了，拍了拍身上的灰尘，直起了身体，见他走到我面前，就要和他一起离开。

就在这个时候，身后传来了林泽亚不甘心的声音："你们给我站住！"

我诧异地回过头望向他。

见我回头，林泽亚恶狠狠地说道："别以为你们放过我我就会感激你们，我告诉你们，你们给我等着，我是不会放过你们的！"

话刚说完，林泽亚的耳朵忽然膨胀起来，最后竟然真像驴耳朵一样竖了起来，上面还长满了灰黑色的毛。

林泽亚明显也感觉到了自己身体的不对劲，慌忙伸手朝耳朵摸去，在摸到驴耳朵的一瞬间，他像是碰到烫手山芋一般，连忙缩回了手，咒骂了一声："该死！这是什么鬼东西！"那眼神活脱脱跟见了鬼一样，眼里的惊恐挥之不去。

我和巴斯戴乐却乐得站在原地哈哈大笑起来。

听见我们的笑声，林泽亚伸手想要捂住耳朵，却奈何耳朵实在太大，手根本遮不住。

他往后退了一步想要躲，背却直接抵在了墙上，无处可躲。

看到林泽亚现在一脸快要疯掉的表情，谅他也不敢再来找我们的麻烦，我和巴斯戴乐总算放下心来，又有些不忍心看他这副模样，干脆直接转身扔下他往前走。

直到我们走回了原来的那座桥，坐上了回去的车，林泽亚都没有再跟过来。

他大概是怕了，不敢再招惹我们，又或许是耳朵还没有恢复，只敢躲在那个无人的地方，害怕被人看见。

"巴斯戴乐，你的那个魔法效果能持续多久啊？"

万一魔法效果过去了，林泽亚没了约束怎么办？

"比之前的久一点，能持续10天……"

"那么短？那以后他发现魔法效果没了，又起坏心思怎么办？"

"放心啦，我一定会努力研制出具有永久魔法效果的甜点。在这之前，我会好好保护你的！"巴斯戴乐挺起胸膛，保证道。

"你哪里努力研制过甜点，明明都是练什么逃生术、逃脱术……不务正业说的就是你……"

2

之后的一段时间，林泽亚都没有出现在学校里。

我依旧在篮球社里凑热闹，原本就是一个打酱油的，也没有人给我安排活儿。

大概是因为有这张脸，怜香惜玉的人多，也不会给我安排重活。

我怡然自得，还假装关心，向篮球社里的人打听了一下林泽亚现在的状况。

那人说林泽亚生了一种奇怪的病，请了长假在家休养。

我想他大概是不想再在学校碰到我，万一真的在众人面前长出一对驴耳朵，才丢脸丢大了。

上一次参加了唱歌比赛后，竟然真的有很多唱片公司找我合作，希望我能成为它们旗下的歌手。

别人不知道，我心里却清楚自己到底有几斤几两重。我不可能每一次都让巴斯戴乐施魔法，也不可能每一次都"恰巧"有雨水助攻，所以用"希望继续学业上的深造"为理由婉拒了，也退出了那个比赛。

这年头，好苗子层出不穷，媒体并没有对我穷追不舍，很快他们就发现了新人，转移了视线。

我就这样愉快地淡出，又恢复了过去平静的生活。

一个星期很快就过去了，周末来临。

　　我和巴斯戴乐早就已经开始计划周末上哪里去玩了，这段时间为了我的计划，巴斯戴乐都没怎么出去玩过，现在所有计划圆满结束，他竟然厚着脸皮要我请他吃饭。

　　我数了数兜里为数不多的零用钱，还是答应了。

　　第二天中午，我们直接去了那家据巴斯戴乐说生意好得不得了，提前两个小时就要排队的火锅店。

　　是的，别人约会都去西餐厅，我们约会居然去火锅店。

　　昨天听到巴斯戴乐的提议时，我几乎泪流满面。

　　可是这家伙完全无视我脸上不甘愿的表情，还在兴奋地跟我描述那家火锅店的东西有多好吃。

　　实际上——

　　他根本没有吃过，都是在网上看的评论！

　　我在一旁听得一阵纳闷，真不知道那天救我时的那个巴斯戴乐是不是被别人附身了，不然怎么前后差异会这么大？不过既然他这么想吃，我还是勉为其难地遂了他的愿。

　　结果果真像他描述的那样，我们去的时候已经有很多人将座位占好了，我们好不容易才在角落里找到座位坐了下来。

　　店家开门早，可是非要到了时间才开始营业，我们又不得不百无聊赖地等了起来。

　　不一会儿，外面的人开始拿号排起队来。服务并没有想象的那么好，有一个自助区，自助区放着水果和茶水供等座的人享用。

　　等到正式开始营业的时候，外面已经有黑压压的一群人在排队，整个店里喧嚣不已。

本来就是大热天的，人一多，空气仿佛都无法流动了。湿热的空气混着火锅的香味，飘散到了每一个角落。

我们不怕死地要了一个特辣的锅底，结果吃的时候，被辣得满脸泪水，死去活来。

尽管这样，因为心情大好，我们还是畅快淋漓地吃了一大堆东西。

最后结账的时候，我发现竟格外便宜，这才对巴斯戴乐的这个决定稍稍表示了一下赞同。

出了火锅店，我们两个嘴唇还红红的、肿肿的，像被蚊子叮了一样，浑身上下也都是火锅味。

可大中午的，总不能就这么回去换衣服吧。我们两个懒虫，吃得这么饱，回去说不定就想睡觉，不再出门了。

我这么想着，摸了摸已经有些撑的肚子，鼓起腮帮子转过头跟巴斯戴乐撒娇道："我请你吃了火锅，你请我吃甜品吧！"

巴斯戴乐想也没想就点头答应了："你想吃什么？"

"冰激凌！"

大热天的，冰激凌这种凉爽的东西才能安慰我啊！

我们来到了附近的一座百货大楼，一楼全是各种甜品店，到处都是约会的情侣。

巴斯戴乐一看到甜品就立刻把持不住，满眼桃心地扑了过去。

跟在后面的我偷笑地看着路人对他投以诧异的目光，一本正经地跟他保持安全距离，还在心里默念着：我不认识这个神经病，我不认识这个神经病……

进了甜品店，刚才在火锅店里吃的那些东西仿佛被黑洞吞噬了一般，他一口气点了一大堆五花八门的东西，然后在我震惊的目光下有些依依不舍地把餐单还给了服务员，来了一句："就这些吧。"

服务员看了看我，又回头盯着他看了两眼，吞了吞口水，花容失色地离开了。

我用手撑着下巴，幽幽地盯着巴斯戴乐。

都怪他，我们被当成了大胃王。

巴斯戴乐见我脸上写满了不高兴，又一脸讨好地望着我，小声说道："任性一次，任性一次，下次绝对不会这样了。"

我冷哼了一声，噘起嘴巴："早知道你要点这么多东西，就算是远，我也要把你带回我家甜点店去。肥水不流外人田，钱当然要自家赚。"

"米苏要带我回去见家长？"巴斯戴乐笑眯眯地望着我，那笑容中似乎带着一丝阴险。

我揉了揉眼睛，又看了一下，的确没看错。

这家伙！

我把嘴巴噘得更高了："谁要带你去见家长了。"

"米苏害羞了，看来挺怕自己爸爸妈妈的嘛。"

"谁害羞了，我才不怕呢……我这不是去当交换生了不能回去吗，不然我们的计划就被识破了啊。"我被他这么一逗变得有些语无伦次。

他眼里的笑意却更浓了："所以说你其实是想要带我回去见家长，但是因为计划所以还不敢带回去？"

"好讨厌，不跟你说了！"我被他越绕越糊涂，伸手胡乱在空中晃了两下企图结束这个话题。

而刚才离去的服务员恰好端着盘子回到了我们座位旁边，礼貌地说道："先生，小姐，你们点的甜品都齐了。"

然后，服务员将托盘上的东西一样一样放在了我们桌上，这才成功结束了刚才尴尬的局面。

甜品最终还是没有吃完，我们两个已经撑得不行，在甜品店里坐了一下午。

周围都是来来往往、进进出出的客人，就连服务员都过来看了我们好几眼，可是碍于我们点了一大堆东西还没解决掉，又不好意思让我们离开。

我们就这样厚着脸皮在甜品店座位紧缺的时候依然霸占着位置。

直到太阳下山，打包了没吃完的双皮奶和白雪黑糯米，我们才离开了甜品店。

巴斯戴乐提着甜品店打包的小袋子跟在我旁边，为了消食，我们毅然决定走回去。

到家的时候，天色已经完全黑了下来，月亮升上了天空。

我们慢腾腾地到了楼下，刚上楼，就发现两个人影鬼鬼祟祟地站在家门口。

心一紧，我快速打开了灯，下一秒更加震惊了。

站在家门口的竟然是霍羽灵和霍启廉两姐弟。

一看就知道他们是刻意在这里等我们的，一看见我们回来了竟然激动不已，直接迎了上来。

巴斯戴乐的魔法消失了，这两姐弟来找我算账了！

完了！

我心里默念着这两个字，转身就想跑，却被霍启廉眼疾手快地抓了回来。

我绝望地闭上双眼连声说道："你们放过我啊，我真的不是故意这么做的，我也不想这样的，我也没有对你们造成实质上的伤害，你们如果真的生气也……别打脸！"

霍羽灵巧笑嫣然："谁要打你了？"

"你怕什么？"

霍启廉的声音同时在我耳边响起。

我有些紧张地睁开眼睛望着他们："你们不是来打我的啊？"

他们猛摇头。

我又伸手指了指身旁的巴斯戴乐："那你们是来打他的？"

他们继续摇头。

"那就好，那就好。"我松了一口气，露出了笑容，这才掏出钥匙开门，"有事别在外面说，进来喝口茶吧。"

刚才我吓得连门都不敢开，生怕他们进了屋直接把所有东西都砸了。虽然这两姐弟一看就是文雅的人，可是被那样对待了，干出什么事都不奇怪吧。

他们两个也一点都不客气，直接跟着我们进了屋。

我让他们在客厅里的沙发上坐下后，才去倒了水来，刚想客套客套，他们却先开口了。

"其实我们这次来是想找你教我们那种神奇的魔法。"霍羽灵全无淑女的模样，两眼放光地说，"你们到底是怎么让别人完全服从自己的？实在是太神奇了。这几天我在家里翻来覆去睡不着，一直想要来请教你们，今天实在按捺不住，就拉着霍启廉找过来了。"

我惊讶地张了张嘴。

大美女还需要学习这样的办法吗？她想要什么难道不是一句话的事？

但我最终还是将这种想法压了下去，抿了抿唇，然后说："这个……其实我也不知道。"

"你一定知道！"霍启廉盯着我的眼睛说。

我被他盯得浑身发麻："我误打误撞的，真的。"

"误打误撞不可能连续发生两次，而且恰好是我们姐弟。"我这个谎说得太假了，霍羽灵撇了撇嘴，一脸不相信。

我有些丧气，偏过头看向身旁的巴斯戴乐。

巴斯戴乐伸手揉了揉我的头发，像是在安抚小动物一样亲昵，然后笑眯眯地说道："我看他们两个也不是坏人，反正也瞒不住了，要不收他们当徒弟慢慢教好了。"

说完，他又看向霍羽灵和霍启廉："这可不是一下子就能学会的，你们如果有耐心学，我就教你们。"

"真的吗？"

"太好了！"

霍羽灵和霍启廉同时脱口而出，然后相视一笑，谄媚地端着我刚给他们拿过来的水杯往巴斯戴乐身边凑。

"师父，你口渴吗，喝不喝水？"

"师父，喝我的吧，我的水比他的热。"

那情景，逗得我哈哈大笑起来。

❤3

时间一晃就过去了，有了霍羽灵和霍启廉两姐弟不时出现在生活中，我的生活变得多姿多彩起来。

霍羽灵和霍启廉两个人虽然都有极美的容貌，却有着和林泽亚完全不同的性格，看似高傲冷漠，其实十分可亲，我们很快就成了好朋友。

而且，最关键的是，林泽亚退学后，我们三个同时出现在学校里，会成为一道奇异的风景，呃，养眼的风景！

日子就这么甜甜蜜蜜地过去了，一天比一天舒坦，就在我快要完全忘记林泽亚这号人的时候，忽然有一天中午，我在去学校后门外面的小店吃午饭时，被一个戴着口罩和帽子，全身上下都恨不得包裹得密不透风的人堵住了。

那人见了我，二话不说，拉着我的手就强制性地往角落里拖。

我挣脱不掉，眼睁睁地看着他把我拖到了角落里，刚想扯着嗓子大吼，他却伸手捂住了我的嘴巴，然后扯下自己的口罩，压低了声音说道："别喊，是我。"

细细想来也没过多长时间，林泽亚却像变了一个人一样，双眼布满了血丝，嘴唇发干起皮，过去磁性无比的声音如今也沙哑得如同老旧收音机。

我被他的样子吓得竟然真的没有大叫出来。

我一直以为他退学回去休养只是个借口，可是看他现在的模样，真的像是生了一场大病，一脸憔悴落魄，让我有些于心不忍。

他只是把口罩扯下来让我看了一眼，又重新戴了回去，似乎也因为自己现在的模样而羞于见人。

我迟疑了一下，率先开口："你找我有什么事吗？"

想起上一次的事，我心里还是有些后怕。

他却垂下头，语气十分低沉："米娜，我不知道我到底哪里得罪了你，你要这样对我。但是这段日子，我回去好好反省了一下自己以前做过的事，我的确伤害了很多人……我已经悔改了，你能再给我一次机会吗？帮我解除那个魔法吧，我……"

尽管口罩遮住了脸，我却还是能从他的双眼里看出了诚恳。

我没有说话。

林泽亚看到我的态度，双腿一软，跪了下去。我连忙去拉他，可是怎么都拉不起来。

"求你了，给我一次机会，我真的会悔改……"林泽亚哑着嗓子说。

没办法，我只好开口："你真的愿意悔改，那么先跟我去一个地方吧。"

"好……"他眼睛一亮，点头道，"只要你给我机会，要我做什么都可以。"

请了假出了校门，我带他去了医院，直奔林晴的病房。

林晴还处于昏迷当中，似乎永远也不会醒来了。她那瘦瘦小小的身体被白色的床单盖住了一大半，一张小脸依旧苍白。

医生说她早就脱离了危险，还说她身体已经好了许多。

明明很早很早就可以醒过来的人，到现在却还在昏迷。

是因为自己辛辛苦苦付出感情，真诚相待，到头来却被对方利用，对这个世界绝望了，所以不愿意再醒来面对无尽的谎言吗？

不知道为什么，往日来看林晴，我已经平静了，今天带着林泽亚一起走进病房的一瞬间，心里却变得无比压抑，眼泪止不住地打湿了眼眶。

林泽亚在看到病床上的林晴的一刹那，脚步顿了一下。

我想我不用多说什么，其实他心里都清楚，只是过去的他被利益蒙蔽了双眼，看不见自己对他人造成的伤害。

我退到一旁，看着他走到病床边，双手有些颤抖地帮林晴盖好被子，嘴唇颤抖地说道："对不起……林晴，对不起……"

他痛苦地捂住了脸，痛哭流涕。

"都是我的错，我是浑蛋！林晴，对不起，是我害得你变成这样……"

我好不容易止住的泪水又一次哗啦啦地流了下来，像决堤的洪水一样止不住。

床上的林晴还是一动不动安静地躺着。

不知道她有没有听到林泽亚的道歉，不知道她还愿不愿意醒过来……

在病房里逗留了好一会儿，我才擦干眼泪带着林泽亚离开了。

出了病房后，心情变得更加低落起来，我偷偷瞟见林泽亚脸上略带失神的神色，发现这些天不见，他竟真的完全像变了一个人一样。

没想到我的计划竟然能改变一个人的本性。

其实他原本也不太坏，只是过去被利益和虚荣蒙蔽了双眼。

"米娜，谢谢你让我清醒，我现在才知道自己过去犯了多大的错。对不起，我伤害了林晴，也伤害了你，我知道我没有资格求得你的原谅……"林泽亚低着头歉疚地说。

"每个人都有改过的机会。"

就像当初我被魔法带来的效果迷惑时，是巴斯戴乐给我机会，让我清醒。

"只要你真的诚心改过，那么机会还是有的。我那样对你，只是因为你伤害了我最好的朋友林晴……"

"最好的朋友？可是，林晴最好的朋友好像是一个叫米苏的女生……"林泽亚听到我的话，疑惑地抬起头。

"没错，我就是林晴最好的朋友，其实我不是什么米娜，我是米苏。"既然他真的悔过了，那么说出这件事也没关系了。

身旁埋头往前走的林泽亚身体一震，不敢相信地转过头望着我："你说什么？"

"我说我是米苏。"

"怎么可能……"他伸出手似乎想要看看我脸上是不是戴着面具，手伸到半途却又黯然垂落，然后，他露出一个不太好看的笑容，"米娜，你别逗我玩了，你和米苏差距这么大，你怎么可能是她。"

"是吗？"我自嘲地勾起一丝笑容，"你是觉得米苏个子不高，还胖，又不好看，所以不可能，对吗？你别忘了，一开始你也不相信自己会长出驴耳朵，可是事实呢，你确实长了，你还有什么不愿意相信的事情吗？"

我的话让他沉默了。

那天的恐怖经历大概又一次让他恐慌了起来。

我继续说道："我的确是米苏，你看到的这个米娜也不过和驴耳朵一样，只是魔法效果而已。而这个魔法，其实没什么大不了的，几天之后就会自动解除。我做的这一切也只是为了帮林晴讨回公道而已，现在一切都结束了，其实你没必要来找我，因为那个魔法持续的时间只有10天。但我也很欣慰，你终于良心发现，认识到了自己的错误。"

我说着，笑了一下，随后摆摆手，离开因为太震惊而呆住的林泽亚。

我不知道自己将一切说出来以后，林泽亚会不会又恢复以前那个猖狂的他，但是那些都和我没关系了。

我能做的，我该做的，都做了。

我的计划已经完成了，他以后会变成什么人，和我无关。我只知道，做错事的人，终究会受到应有的惩罚。

希望他是真的认识到了自己的错误，以后做个好人。

第十章

爱丽丝梦游布丁

爱丽丝梦游布丁

甜点来历： 以童话《爱丽丝梦游奇境》为灵感制作的一款甜点。布丁是起源于英国的一种传统英式甜点，一般是半凝固的冷冻状态。布丁是从古代用来表示掺有血的香肠的"布段"演变而来。今天以蛋、面粉与牛奶为材料制成的布丁，是由当时的撒克逊人传授下来的。中世纪的修道院则把"水果和燕麦粥的混合物"称为"布丁"。这种布丁的正式出现，是在16世纪伊丽莎白一世时代，它由肉汁、果汁、水果干及面粉一起调配制成。17世纪和18世纪的布丁是用蛋、牛奶以及面粉为材料制作的。

魔法效果： 魔法王子巴斯戴乐会的具有唯一永久性效果的甜点魔法。吃下这个布丁的人，会失去身为真实的人的一切记忆，从此分不清梦境和现实，永远地活在自己的梦里。效果恐怖，且没办法解除，为了安全，不到关键时刻不要轻易使用哦！

又是崭新的一天。

阳光就好像碎金一样洒落下来，天空湛蓝无比。

人在太阳下走着，全身都被晒得暖暖的、懒懒的。

走在上学路上的我，忍不住抬起手，举高，大大地伸了一个懒腰。

到现在，所有的事情终于都告一段落了。

坏人得到了应有的惩罚，最终幡然悔悟，而我也为林晴讨回了公道，在这个过程中我还收获了属于自己的幸福。唯一美中不足的就是林晴到现在都没有醒过来，贪睡的她还一直躺在医院的观察病房里。

只要林晴早日康复，那么我米苏的人生也就绝对圆满了。

"好了，到学校了，你赶紧进去吧！"巴斯戴乐拍了拍我的肩膀，微笑着对我说。

我看着他，突然觉得他有一点像送女儿上学的父亲，这让我忍不住笑了出来。

"好的，父亲大人！"我冲他做了个鬼脸，然后一蹦一跳地进了学校。

走进学校的一瞬间，我感觉学校里的很多人都向我投来了异样的目光，那目光如同扫描仪，就像是要把我看透一样，弄得我浑身上下都很不自在。

他们怎么了？为什么要这么看着我呢？难倒我衬衣的扣子没扣好？

我不自觉地伸手摸了摸身上的校服，扣子扣得很整齐啊！

大家到底怎么了？

"米苏？"

身后突然有人叫我的名字。

"啊？"我几乎是条件反射地回头去看，可是当我回过头的一瞬间，突然意识到了不对。

现在除了巴斯戴乐，没有人知道我是米苏，我现在的身份是米娜啊！

因为当时说的一个月交换生体验期还没结束，所以剩下的日子，我还得以米娜的身份过下去，直到成功退场。

可刚刚那个叫米苏的声音很清晰，我绝对没有听错。

是谁?

是谁知道了我的真实身份?

我的心重重地跳了一下,僵硬地回过头,却看到我身后站着许许多多人。

他们都用奇怪的目光看着我,我并不知道刚刚究竟是他们中的谁叫了我的名字,但我很确定此时他们都对我的身份产生了怀疑。这一刻,我也终于明白了,刚才进入学校的时候那些奇怪的眼神究竟是为何了。

"果然……"

"你真的是以前那个丑女米苏?"

"有点可怕啊……"

"是啊,比韩国整容术还厉害……"

……

他们对着我指指点点。

听清那些议论的话语,我的心如坠冰窟。

他们都知道漂亮的米娜和丑女米苏是同一个人了?

可他们是怎么知道的呢?根据外貌应该是没有办法判断出来的吧?

一定是有人泄密。

可会是谁做的呢?

不可能是我和巴斯戴乐,那我的身份还有第三个人知道吗?

我僵硬地站在原地,原本挂在脸上的开心放松的笑容已经消失了。

我努力转动脑筋,想了半天,突然想到了一个人。

"林泽亚……"我自言自语道。

　　知道我是靠魔法变身的人，除了绝对不会背叛我的巴斯戴乐，就只剩下林泽亚那个家伙了。

　　而且早不暴露晚不暴露，偏偏在我告诉他真实身份后，这个消息就公之于众……

　　除了林泽亚，我想不到其他人。

　　想到这里，我平静的心里陡然冒出了一股熊熊燃烧的怒火，那股怒火似乎要将我整个人烧焦了。

　　好个林泽亚，我还以为那个家伙已经改过自新了，没想到他居然还在耍阴招！

　　可恶，那个家伙怎么能那么坏，那么卑鄙呢？

　　他在林晴床前痛哭流涕地道歉时，我已经决定原谅他了。但没想到，他的忏悔和歉意都是伪装出来的，他根本没有一丝一毫改过自新的诚意！

　　"林泽亚……"

　　我从牙缝里挤出那个坏蛋的名字，身体颤抖起来，一方面是愤怒于自己又被欺骗，另一方面是源于此刻大家看我的目光。

　　现在要怎么办？

　　我忍住愤怒，不知所措地往四周看了看。我周围站满了人，有我认识的，也有我不认识的。他们无一不对我指指点点，我耳边充斥着各种各样的质疑声，这些声音让我非常心虚。

　　他们一定是从林泽亚那里知道了什么，那个浑蛋……

　　我现在该怎么做呢？

　　跟这些人解释？

可是我要从何解释起呢？

我站在原地，感觉天旋地转，原本因为事情告一段落而兴奋不已的心情此刻也变得糟糕透了。

我现在恨不得冲出这些人的包围圈去找林泽亚算账，但是我知道自己不能冲动，我要先冷静地想一想，这个家伙是如何大面积散播这件事情的。

我故作镇定地假装没有看到围观人群的眼神，一边找了个没人的方向往前走，一边在脑海中搜寻线索。

能够广泛传播信息的地方会是哪里呢？

啊！对了！布告栏！

我脑中灵光一闪，想到了教学楼前的布告栏，上下学的学生们每天都会经过布告栏。

我加快了脚步，快速走到了布告栏前。

果然不出我所料，布告栏上贴着一张米娜的照片和一张我的照片，两张照片都被放大，中间画上了了大大的等号。在照片的上方还写着几个鲜红的大字："米娜和米苏是同一个人，她欺骗了大家！"

因为我的到来，原本围在布告栏前指指点点的同学非常自觉地让出了一条道，似乎是想让我站近一些观看。

我快步走上前，冷汗不自觉地从额角流了下来。

这……现在要怎么办呢？

耳边不时传来同学们的窃窃私语，我看着两张大大的照片，脑海中却浮现出了林泽亚那张扭曲而疯狂的脸。

"啊！"我忍不住大叫起来。

我为什么会白痴到相信那个家伙呢？

我有些烦躁地伸手将布告栏上的大海报扯掉，像是泄愤一般把它们撕得粉碎。

真是烦死了，为什么会有这么多乱七八糟的事情呢？

我将海报和照片撕碎后，回过头去找，希望能够在围观的人群中找到林泽亚的身影。

那个家伙现在一定很高兴吧？

他的诡计再一次让我受挫。我觉得他现在一定藏在某个隐蔽的角落里偷窥着这一切。他一定在笑，疯狂地嘲笑我的愚蠢。

让我意外的是，我找遍了人群，也没有找到他。

"喂……喂……"学校的公共广播突然响了，一个低沉的男声自广播中传出，响彻整个学校。

林泽亚！

突然间，我的心里闪过一丝不妙的预感，是那家伙在播放广播，他还想做什么？

我想也没想就冲进了教学楼。广播室在教学楼的顶层，我一定要在他说出什么可怕的话之前制止他。

我一边拼命奔跑，一边竖起耳朵听着广播里传出的声音。

"我以前一直觉得，这个世界上没有外星人的存在！不过，当我认识了米娜同学——当然，现在我们应该叫她米苏！"

果然和我想的一样，林泽亚得意地说出了所有秘密。

"现在大家可能并不相信我的话，对我有所怀疑！不过没关系，我有办法证明这一切！"他的语气十分激动，我可以听得出他此时完全沉浸在极度的兴奋之中。

证明这一切？

他的话让我不禁停住了急速前进的脚步。我推开广播室的大门后，站在原地，有些疑惑这个家伙打算用什么手段来证明。

被我推开的大门"砰"的一声撞在了墙壁上，我对着那扇大门失神了一会儿。

林泽亚为什么没有锁门？

他那么有心计，一定猜到了我会到这里来，为什么他不锁门呢？

萦绕在我心头的问题很多，我却没有时间去思考答案，我现在只想把林泽亚这个家伙揪出来。

"你……"我正准备对他咆哮，却见他竖起了一根手指放在唇边，然后轻笑着指了指一旁的广播控制器。

广播还在播放，也就是说我现在说什么都会被所有人听到。

我环顾了一下四周，广播室并不大，除了一些必备的广播器材之外，还有一张长条形的桌子，看样子应该是平常开会用的。我的目光落在了角落里的电源开关上。

我一个箭步冲了过去，想趁着林泽亚来不及反应关掉开关。

结果他根本没有阻拦我，只是坐在那里看着我笑，看着我飞速跑到开关前，一把扯掉了上面的所有插头。一瞬间广播室的所有电源都被切断了，连照明用的日光灯也熄灭了。

做完这一切，我直起身子，板着脸看向正带着一脸笑意的林泽亚——苍白瘦削的脸庞，立体的五官，眼里却仿佛盛满了两团疯狂燃烧的火焰。

被他用那样可怕的眼神注视着，我只觉得背上的汗毛一根根地竖了起来。

"你到底要做什么？"我濒临崩溃般上前，一把扯住了他的领子，质问道。

林泽亚没有挣脱，只是继续坐在那里对着我笑。

他的笑容格外瘆人，让我觉得房间里的气温陡然下降到了零摄氏度，让人忍不住打寒战。

"我只是让大家都知道究竟发生了什么！"林泽亚笑着对我说。

"你……"我对着他举起拳头，他也不躲，只是带着那瘆人的笑容看着我。

这家伙到底在打什么主意？为什么他一副天不怕地不怕的样子？不反抗我，也不逼迫我？

"林泽亚，告诉你，我不会怕你的。就算你说米苏和米娜是同一个人，但你根本找不到确凿的证据去证明。"

"呵呵呵……"他似乎早就料到我会这么说，嘲讽地撇了撇嘴，"谁说我要对付你了，像你这种跟林晴一样愚蠢的女生，我根本不用这么费力对付。我要对付的是跟你在一起的那个会奇怪手段的怪物！那个用诡异的手段折磨我的怪物！"

林泽亚的神色有些疯狂，而他语气里带着的冷意让我有了一种不祥的预感。

"你对巴斯戴乐做了什么？"我有些紧张地追问。

这家伙是个疯子，我根本无法想象他会做出什么事情来。

他现在这样不怕也不躲，还让我这么顺利地来广播室找到他，这一切好像都是他安排好的，实在太不寻常了。

"别紧张！目前为止，我还没做什么！"他笑着抬起手，轻轻拍掉了我那只抓住他领子的手。

"目前为止？"这家伙的意思不就是之后会做什么吗？

"对！接下来，可就不知道了。"他的笑容突然一敛，脸上的表情立刻变得冰冷可怕。

这家伙……他脸上那可怕的表情让我忍不住后退了一大步，他要做什么？

原本坐在椅子上的他猛地站起来，一个箭步冲到了我的面前，在我还来不及做出任何反应的时候一把抓住了我的手腕。我下意识地想甩开，却发现他越抓越紧。

"你还真是学不乖呢！一而再，再而三地来招惹我、挑战我！"林泽亚说着，又抓住了我另一只手，将我的手背到身后交叉叠放。

我用力挣扎着，奈何男女体力差距明显，我根本挣脱不了束缚。

常年锻炼、身体强壮的林泽亚牢牢抓住我后，紧接着用绳子将我的两只手绑在了一起。

我先是一愣，然后又是一惊。

这家伙居然还敢这样做！

"你居然还不知道悔改！你难道就不怕……"

我的话还没说完就被他打断了："你还指望你那个会玩戏法的怪物男朋

友来救你？别闹了，没这个机会了。"他扯着我，将我丢到了一旁的椅子上，然后又抽出一根绳子将我结结实实地捆在了椅子上。

我动弹不得，只能怒视着他。

"你到底想做什么？"我冲他大喊，企图引来外面人的注意。但这个时候，外面并没有其他人。

林泽亚不管我的吼叫，不紧不慢地拉上了广播室的窗帘，然后关上房门，反锁，并将广播室的状态设为录音——外面的信号灯会显示里面的工作状态，在广播室的状态是录音的时候，是不会有人进来的。

"很简单，和你一起等你的男朋友来。我要让他在这个广播室里向所有人承认自己的身份，我要让他被抓去当科研用的小白鼠，被解剖，我倒要看看他这个玩戏法的还能玩出什么花样。"林泽亚冷笑着说。

在听完林泽亚的话之后，我才突然明白了。

为什么我可以那么轻易地找到他，为什么我能够那么轻松地进入广播室，为什么他看到我一点都不紧张……

其实这一切都是他的一个局，而我来到广播室就是这个局的第一步。他抓到了我，然后以此来威胁巴斯戴乐。他料定了我不是他的对手，所以他根本不怕和我正面对峙。

"你，你这个浑蛋！"在想清楚了这一切之后，我忍不住对他大喊。

林泽亚走到了我的面前，捏住我的下巴冷笑着说："哼！没错！我就是个浑蛋！但那又怎么样！你父母难道没有告诉过你，出门在外最不要招惹的就是我这种浑蛋吗？因为一旦你招惹到我，我就会让你付出沉重的代价。"

这家伙是个疯子！

我看着他，心中充满了恐惧。

这个世界上最可怕的就是疯子，因为你永远都不知道他们究竟会做些什么。

我的心里一时间充满了惶恐。

我不知道自己会怎么样，也不知道他会利用我怎么对付巴斯戴乐。

林泽亚松开了捏住我下巴的手，然后伸出手，在我身上摸索了一番之后，从我的口袋里掏出了我的手机。

"把手机还给我！不许动我的东西，你这个无耻小人！"我咬牙切齿地大骂道。

结果林泽亚就好像看一个没有生命的工具一样看了我一眼，没有多理睬，便拿起手机，按了几个键，然后将手机放到了自己的耳边。

这家伙……

联想到他之前的话，难道他是在给巴斯戴乐打电话？

紧急关头，我的大脑终于恢复了清醒。

林泽亚已经抓住了我，那下一步就是引巴斯戴乐到这里来。

不行！绝对不能让巴斯戴乐来这里！这个疯子已经没有底线了，如果巴斯戴乐现在过来一定不会有什么好结果的。

"喂……"

当我听到林泽亚说出这一个字的瞬间，立马大喊起来："巴斯戴乐！你不要过来！别听他的，他不能把我怎么样！"

我用尽全身的力气大喊，生怕电话那端的巴斯戴乐听不到。

"该死！"林泽亚低声咒骂了一句，然后一脚踢在了我所坐的凳子上。

凳子猛地向后倒去，被绑在凳子上的我也不受控制地倒向后方。

"砰……"

我耳边传来一声巨响，同时我也感觉到自己的脑袋撞上了一个无比坚硬的东西。

我起初并未感觉到疼，只是觉得脑袋钝钝的、重重的，世界在眼前天旋地转，下一刻，我便什么也看不见了。

❤2

我觉得很累，可是我并未睡着，我还能感受到周围的一切，我能够听到，却什么也看不到，只觉得四周一片漆黑。

恍惚间，我听到了拍打大门的声音。

"米苏！米苏！"

"浑蛋！你给我开门！"

……

接着似乎有开门关门的声音，有人迈着急切的步伐跑了进来，一个声音紧张地大喊着——

"米苏！"

我听到了我的名字，好像是巴斯戴乐在叫我！

这个笨蛋，终究还是来了吗？

为什么他就不能听我的话呢？

我挣扎着，想要睁开眼睛，可是无论我怎么努力就是做不到，所以我最终放弃了，我只是努力去听，听周围的一切动静。

"我已经来了，你快点把米苏放了。想怎样随便你！"

这是巴斯戴乐的声音，严肃里带着非常明显的紧张和担心。

这个家伙……怎么可以说任由林泽亚那个浑蛋摆布呢？和疯子做交易，绝对不可能讨到便宜。

"哼！没想到你还真敢来！"我的耳边传来了林泽亚的声音，他的声音离我很近，好像就在我的耳边。

我可以想象得到，那个家伙一定是挟持着我，这样才能让巴斯戴乐听话，可现在的我没有办法控制自己的身体，所以连反抗的机会都没有。

"我说了，放了米苏，条件随便你提。"

巴斯戴乐面对林泽亚时，声音十分冰冷，那样的语调也很陌生，甚至让我有些怀疑那究竟是不是他。

"想让我放开她也很容易。那边有一台摄像机，你去打开它，然后对着它说明你的身份！"林泽亚的声音很大，震得我耳朵发疼。

摄像机？这个家伙葫芦里卖的什么药？

"只要我这么做，你就会放了米苏，对吗？"巴斯戴乐的声音很轻，如同一根羽毛一般撩拨着我的心。

巴斯戴乐这家伙，为什么要为了我做这种傻事呢？

那个疯子让他录像，一定是想把这一切公之于众。我本来以为林泽亚只是想在学校里面公布，可他居然要录像，这是不是代表他要让更多人知道这件事情？

我本来还觉得，大不了我和巴斯戴乐吃下白雪公主蜂蜜糕，然后让学校的人听我们的解释，不记得这件事情就好了。可是如果林泽亚让整座城市的人都看到，甚至是全国、全世界的人都看到，那我们就算是撑死也无法做到吧？

不行，我不能让他这么做！

我努力挣扎着起身，但是一股眩晕感再次袭来。我要努力集中注意力，才不会放任自己睡着。

不行！我不能睡着！我不能让巴斯戴乐的身份被公开，绝对不能让巴斯戴乐被林泽亚控制住！林泽亚那么卑鄙狠毒，他绝对不会让巴斯戴乐好过的。

我努力活动身体，然后下一刻，我再次努力地睁开眼睛。

我感觉到了额头传来的疼痛，还有身体依然被束缚得紧紧的，血液不流通导致的发麻感袭来。

眼前不再一片黑暗，而是十分模糊的光芒。我又使劲闭上了眼睛，然后再次用力睁开，眼前的一切变得清晰了不少。

我看到巴斯戴乐将摄像机还给了林泽亚，然后林泽亚表情诡异地拿着摄像机一路小跑，出了广播室。

"他……"我看着跑出广播室的林泽亚，忍不住开口，可是才说出一个字就觉得自己的喉咙干涩不已。

"你还好吗？"

原本站在门口的巴斯戴乐一步冲到了我面前，单膝跪地，解开了绑着我的绳子。

刚解开绳子，他就开始上下打量我，他拉了拉我的胳膊，又拨弄拨弄我的头发，似乎是在检查有没有什么隐蔽的伤口。

"咯咯……"我稍微清了清嗓子才继续说，"我没事。"

我冲他摆了摆手，却赫然发现自己的手腕上竟然多了两条红红的印记，看样子应该是绳子捆绑留下的。

"疼吗？"巴斯戴乐一脸心疼地看着我。

看着他那关切的神色，我的心里暖暖的，同时我也觉得有点不好意思，脸颊不断升温，我冲他摇了摇头，表示不疼。

"那个浑蛋，居然这么对你！看来上次对他的惩罚还不够，今天我一定要让他付出代价！"巴斯戴乐咬牙切齿地说。

"啊！"他一说到林泽亚，我突然想起那个家伙是拿着摄像机离开的，巴斯戴乐不会这么傻吧？

"摄像机，录像……"因为太过焦急，我一时间竟然不知道该从何说起。

"录像怎么了？"巴斯戴乐不明所以地看着我。

"他说的那个让你说出自己身份的录像，你录了吗？"我担心地一把拉住他的手。

巴斯戴乐低头看了看我的手，然后傻笑着对我点了点头。

"啊？那，那怎么办啊？"我焦急得猛地站了起来，因为速度太快脑袋一痛，眼前一黑，差点又晕过去，"快，快，快！我们要快一点去拦住他！"

巴斯戴乐一把扶住我，脸上的笑容十分灿烂。

这家伙这种时候居然还笑得出来！

"你还笑！你知不知道录像被他拿到有多危险！那家伙完全是个疯子！"我忍不住大声冲他说道，担心得不得了，恨不得自己懂飞翔魔法，飞出去把林泽亚那个坏蛋抓住。

"呵呵，米苏，没想到你这么关心我，这么害怕别人知道我的身份！"巴斯戴乐一副完全不知道情况有多紧急的样子，笑眯眯的，让我又气又急。

"当然啦！我可不希望你被抓去解剖，当小白鼠啊！"我焦急地向往门外走，可是他一把拉住我，将我按回了椅子上。

"你干吗？"我有些激动地看着他。

"米苏，我想问你，你是害怕我被抓去当小白鼠呢，还是害怕我离开你？"巴斯戴乐突然收起笑容，摆出一副认真严肃的样子问我。

这家伙在逗我吧？

都什么时候了，还在说这些。

我没有理他，而是想再次起身，结果他双手压在我的肩膀上，让我动弹不得。

这家伙是中邪了吗？

"哎呀！再不追那个家伙就来不及了！"我着急地说。

"这个问题比那个重要。米苏，你告诉我，你究竟是舍不得离开我，还是怕我被当成小白鼠呢？"巴斯戴乐锲而不舍地追问道。

"这两个问题有区别吗？我不希望你被当成小白鼠，更舍不得离开你啊！"我几乎是吼出了这句话。

现在都什么时候了，这家伙还有心思刨根问底。

"这话我不是跟你说过很多遍了吗？我喜欢你，喜欢你啊！"

我有些崩溃地看着眼前的家伙，这家伙是装傻还是真笨啊？都什么时候了，还非要我说出这些话。

"啊！我很感动！"在我不明所以的时候，巴斯戴乐突然一把抱住了我。

这家伙干什么呢？

突然被他抱住的我脑海一片空白，虽然现在是紧急时刻，可是毫无预兆地被喜欢的人这样抱住，还是让我心跳加速，我几乎是想都没想就回抱住了他。

他的衣服上依旧散发出淡淡的兰花香，我很喜欢这种香味，这种味道让我不自觉地有些沉醉。

"喀喀……"就在我不自觉地忘记了自己身处何处时，一个低沉的咳嗽声响了起来。

我赶紧放开了巴斯戴乐，循声望去，结果就看到霍启廉和霍羽灵姐弟站在广播室门口。

他们怎么会来这里？

"我们是不是打扰到了你们？"霍羽灵背靠着广播室的门框，脸上带着窃笑。

"你们怎么来了？"我说着，目光落在了霍启廉手中的摄像机上。

他带摄像机来做什么啊？

我有些不解地看着他们。

"东西拿到了吗？"巴斯戴乐放开我，大步走向霍启廉。

霍启廉闻言，举起手中那个不大的摄像机晃了晃，表情十分得意。

我不解地看着他们。

摄像机？

突然间，我好像明白了什么。

然后我赶紧跑到霍启廉面前，一把拿过他手中的摄像机打开，播放了之前拍摄的片段。

那里面的录像正是巴斯戴乐在林泽亚的胁迫下录的。

当我看到录像，终于明白了刚才巴斯戴乐为什么一点都不急了，原来这家伙早就做好了准备。

"你早就有准备了对不对？"我气呼呼地瞪着巴斯戴乐。

没想到这个总是做蠢事的家伙居然这么深谋远虑。

在我以为他连事情的轻重缓急都不分的时候，没想到他在来救我之前就通知了霍氏姐弟，让他们在外面埋伏着。

想到这里，我突然有些敬佩他了。

不过敬佩归敬佩，这个家伙刚刚看我那么着急居然什么都没说，还不着边际地东拉西扯，实在让我气不过。

"对啊！在来之前我就已经做好了最周全的打算，很早就跟他们商量好了！"巴斯戴乐说着，对霍启廉举起了手，两个人非常有默契地击掌。

"师父超级厉害，他已经算准了林泽亚一定有阴谋，所以就让我和姐姐埋伏在楼梯口，他自己进来和那小子对峙。"霍启廉耐心地向我解释了巴斯戴乐的部署。

"你知道他要怎么对付你？"我有些怀疑地看着巴斯戴乐。

这家伙怎么什么都知道呢？

"我不知道啊！不过我看电视剧里面都是这么演的，坏蛋想把正义使者的某个秘密对外公布，然后一旦拿到了这个秘密的有关证据就会逃之夭夭！"巴斯戴乐得意扬扬地说。

这家伙居然……

好吧！我必须承认，这一次他所看的电视剧还算有点技术含量，至少救了他也救了我。

"那……林泽亚呢？"我有些郁闷地追问。

林泽亚虽然没有拿到什么证据，不过他知道了那么多事情，就算这一次我们渡过危机，下一次恐怕也难以招架吧？毕竟那个家伙的行为和思想太极端了，已经不是我们能控制的了。

"啊！我们刚刚已经给他吃了师父特制的爱丽丝梦游布丁。"霍羽灵笑着说道。

"爱丽丝梦游布丁？那是什么啊？"我不解地看向巴斯戴乐。

"这是我唯一一会的具有永久性魔法效果的甜点！吃下这个爱丽斯梦游布丁的人，所有的记忆都会消失，而他所做的梦则会成为他最真实的记忆。换句话说，就是他现在只活在自己的梦里。"巴斯戴乐微笑着为我讲解。

"只活在自己的梦里？"我还是不太明白他的意思。

"简单地说，就是那个家伙已经疯了，他已经无法分辨梦境和现实了！"巴斯戴乐很轻松地说。

"一个疯子当然应该在他该在的地方啦！刚刚精神病院的医护车来过了，他已经被带走了，相信以后再也不能来找你们的麻烦了！"霍启廉说着，走到了我的身边，轻轻地拍了拍我的肩膀，"你也不必再担心'米苏'和'米娜'的问题了，同学们看到林泽亚被精神病院的医护车带走，已经认定了他有妄想症。而且我们刚刚也去跟大家解释过了。"

"太谢谢你们了！"我很感动地说。

"没什么，谁叫你是我们的师母呢！"霍羽灵朝我眨眨眼睛。

"呃，师母？"我疑惑地重复着，看到她促狭的表情，再看看巴斯戴乐微红的脸庞，忍不住羞恼地反驳，"不要乱叫，谁是你们的师母啊！"

"就是你啊！亲爱的米苏，你忘了你刚才还跟我告白了吗？"巴斯戴乐得意扬扬地拍着我的肩膀。

这个家伙还好意思说，刚刚居然那样耍我。

我一把拍开他不安分的手，然后狠狠地踩了他一脚。

毫无防备的他被我踩得哇哇大叫，猛地跌倒在地。

"你，你，你干吗啊？"巴斯戴乐抬起头，泪眼汪汪地看着我。

他居然还好意思问！

我叉着腰愤愤地说："你明明什么都准备好了，刚刚为什么不告诉我？害得我为你担惊受怕。关键时刻你不跟我解释就算了，还在那边跟我说些无关的话。"

巴斯戴乐闻言，脸上的表情立马从委屈变为了谄媚。

他嬉皮笑脸地跑到我的身边，手很自然地搭在了我的肩膀上，讨好地说："哎呀！这也是电视剧里面演的啊！在危难时刻，男女主角都会抱在一起互相告白！我觉得这个机会实在是太难得了，当然要抓住啊！"

我看着身边这个患有深度"电视剧痴迷中毒症"的家伙，突然打心底里涌出一种无力感。

"告诉你,巴斯戴乐,你以后要少看那些乱七八糟的节目,好好地锻炼你的魔法技能⋯⋯"

为了以后的幸福着想,我决定朝"河东狮"的方向发展,让这个笨蛋魔法师远离奇怪的电视剧和魔术节目。

"啊,那人生岂不是没有什么乐趣了!米苏,商量商量⋯⋯"巴斯戴乐一副泫然欲泣的样子,却不知道他的徒弟——霍氏姐弟正在一旁偷笑。

明亮的阳光透过走廊的窗户照进来,洒在我们每一个人的身上,暖融融的气息包围着我们。

可恶的坏蛋得到了应有的惩罚,而属于善良可爱人们的幸福生活刚刚开始。

♥

两年后——

我和林晴肩并着肩走在校园里。

"说起来，你们家巴斯戴乐在做什么啊？最近怎么都没有见到他呢？"精神奕奕的林晴一边说话一边打开一罐可乐递给我。

我接过她递来的可乐，颇有些无奈地说："他最近和他那两个宝贝徒弟一起跟着我老爸学做甜点呢！"

两年了，那个家伙还是一点长进都没有，每次做甜点都仿佛和厨房有仇一样，把厨房变成战场。他到现在还是不能自己独立制作完成一道甜点，也就自然而然地不能成为一个合格的甜点魔法师。

"唉！那家伙那么没有天分，还是劝他早点放弃吧！"林晴笑着说。

我看着笑得如同夏日阳光般灿烂的林晴，心情也跟着变得很好。

两年前，在林泽亚得到了应有的惩罚之后，她居然奇迹般地醒了过来。醒过来的她失去了所有关于林泽亚的记忆。医生说这是选择性失忆，就是患者本身有选择地忘掉了最痛苦的事情。

现在林泽亚的事情只有我和巴斯戴乐及霍家姐弟知道，不过我们很有默契地谁都没有再提起。

林晴变回了那个没心没肺的她，我们一起度过了忙碌的学习生涯，一起过着我们美好的校园生活，简单而幸福地生活着。

"说起来，到现在你还没有告诉我，你和巴斯戴乐是怎么认识的呢！他那么帅气，你究竟是怎么把人家追到手的啊？"林晴笑着说。

"这个嘛——"我在脑海中回忆着自己和巴斯戴乐认识的经过。

其实过了这么久，我依旧觉得很神奇。

我和巴斯戴乐认识的过程好像是场意外，可又觉得有什么地方是注定好的。

"你就别神秘兮兮的了，快点讲给我听吧！"林晴拉着我的胳膊，用力地晃动着。

"事情是这样的……"

我微笑着将我去送外卖，然后大着胆子进入了巴斯戴乐住的危楼，后来又成功解救了他的全过程讲给林晴听。

"喂！米苏同学，你不想告诉我就算了，干吗编出这么一个离谱的故事啊？"林晴听后，特别严肃地指责起我来。

离谱的故事？

这从何说起啊？

"这件事听起来是怪怪的，不过你也知道巴斯戴乐这个人本来就是怪怪的啊！"我有些着急地解释道。

这可是我两年来第一次和别人分享这个故事啊，怎么就被说成了编造呢？

"还说不是编的，你都说了巴斯戴乐当时是在练习什么逃生术，他的胳膊都被绑住了，怎么能打电话叫外卖呢？"林晴一脸不满地指出故事里的漏洞。

　　"啊！这个啊！我后来问了他，他跟我说，那是因为那天是他的生日，据说是他的一个叫'月下'的爷爷给他点了我们家的外卖，说是送他的生日礼物。"我解释道。

　　"编，继续编……什么爷爷这么小气啊，生日送一小块提拉米苏也就算了，居然还是没给钱的外卖？"林晴摇了摇头，表示不相信。

　　"这……"

　　听到林晴的话，我也开始怀疑了，不过这个怀疑稍纵即逝，我根本就不在意。因为我知道，我们的起点是一场意外，但我们的终点是一生的幸福。

　　我不知道巴斯戴乐给我的解释是不是真的，不过我真的很感谢那个叫"月下"的爷爷。

　　咦？等等，月下爷爷？

　　月下老人？

Merry 游行记

下个星期去旅行

菜菜： "你看过了许多美景/你看过了许多美女/你迷失在地图上/每一道短暂的光阴……"每每听到这首歌，总会想象出身着长裙、带着单反坐火车远行的某个长发女生。

锦年的《**我们都是匹诺曹**》一书中，陈南希不仅去我喜欢的法国留学了，还在告别青春之际，来了一次令人艳羡的欧洲之行，真是羡慕啊。

为此，**菜菜**我一边看攻略一边打鸡血"发粪涂墙"，正是人间最美四月天，不如先让我带内心**蠢蠢欲动**的各位来一趟**梦幻之旅**。

●安纳西

坐标：法国

推荐理由：这个就是文中沈旸和COCO一起去登雪山的城市啊（也是出事的地方），不仅拥有仙境一般的景色，还是动画"奥斯卡"——国际动画节的主办地。创立于1960年的动画节不仅是世界最早的动画节，也是名副其实的顶尖动画节。而坐落于安纳西的动画博物馆更是动漫迷们不可不去的朝圣之地。

马纳罗拉
坐标：意大利

推荐理由：这是一个处于悬崖上的小镇。海边的马纳罗拉（Manarola）火车站，站台上就能看见美丽风景，一路火车翻山过隧道，每到一个车站都是一片豁然开朗的海。五渔村由五个依山傍海的村庄组成，陡峭的山崖、满山的葡萄园、彩色的房子和清澈的海水是这里最大的特色。

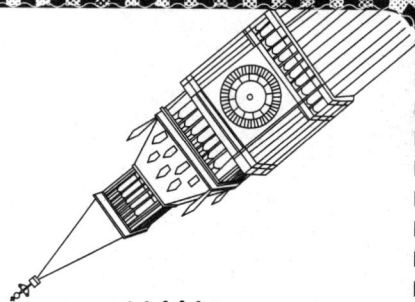

福莱巴茹罗斯小镇
坐标：希腊

推荐理由：小镇中心位于一个200米高的悬崖上，因此在这个恬静的小镇，你所能看到的只是波涛拍打着卵石海滩，山羊在山坡上互相追逐，一架古老的木制风车在海风的吹拂下兀自旋转着。这里没有两层楼以上的建筑，没有躲在港湾码头的游艇，更没有精品店或花哨的餐馆。

格塔里亚
坐标：西班牙

推荐理由：好吃的家伙们的天堂！这里是距圣塞巴斯蒂安24公里的一个巴斯克海港小镇，被称为西班牙的厨房。比斯开湾出产的小鱿鱼和大比目鱼数量惊人，烧烤类的海产品品种繁多。想想都流口水！在这里，你可以挤进牛排店大口嚼牛排，辅以一瓶里奥哈白葡萄酒，还有比格塔里亚更好的去处吗？

心动了吧？

前面那个垂涎三尺的同学，说的就是你！虽然你没有说走就走的旅行，可是你有说写就写的广告啊，还磨蹭什么？快去发愤图强，争取下个星期就踏出国门去旅行！

我要和顾彩成亲了……

那一刻，我忽然不知该说什么，眼中只见漫天飞舞的樱花，美不胜收……

三年过去，我依然记得当时的场景……

杜慕筝，我回来了！

"异兽美食" 系列之
绝世小鲜肉EXO版

一本《山海经》，封印了四只强大的上古异兽——
只有注定的女生，才能让它们解封苏醒！

少年饕餮，火爆毕方，腹黑九尾狐，优雅谛听……

甜心文学掌门人巧乐吱创造史上最强

"吃货+厨师+美食评论家+专属点心师"
—— 妖怪美食团！ ——

本年度最强浪漫魔幻校园大作，异兽美食华丽来袭，从《山海经》里出来的他们究竟有什么超能力？

超级好吃的饕餮、表现完美的圣兽谛听、挑剔刻薄的九尾狐和脾气火爆的毕方，他们究竟是什么样的生物？

让我们看看他们跟同样拥有"超能力"的EXO成员有哪些相同吧！

PART 1
饕餮——白雪

白雪属于饕餮，是传说中龙生下的第五子，地位高贵。在我们人类社会里，他是黑发白肤的美少年，看上去很呆也很可爱，其实很聪明。他是非常爱吃的大胃王，基本上一直在吃东西，但是对吃的东西要求很高，觉得特定人物的情绪才是最高美味。所以，白雪是以情绪为最好食物的美食妖怪。

对比成员： 金珉锡〔XIUMIN〕

XIUMIN的外号是"包子"，因为脸上肉嘟嘟的像包子一样。跟我们的饕餮白雪一样，XIUMIN很具有欺骗性哦，别看他外表这么单纯可爱，实际上是所有成员中年纪最大的。XIUMIN跟白雪一样也有好胃口，这个被粉丝戏称为"吃货妖精"的少年，对"韩牛"的热爱非比寻常，这也跟我们的白雪一样，对高品质的食物最感兴趣！温柔的"包子"还会做咖啡，梦想是开属于自己的咖啡店。这么好喝的咖啡，白雪也会去尝尝的。饕餮白雪跟我们的"包子"有很多相似的地方，喜欢"包子"的话也不能错过饕餮白雪哦！

PART·2:
九尾狐——九黎

传说中的九尾狐是青丘山上的霸主，身后长了九条尾巴。在人类社会里的九尾狐九黎，实际上是个喜欢甜食的冷面人。特点是说话刻薄，属于有仇我当场就报的那种类型。刻薄的九黎却拥有最顶尖味觉和惊人准确的评判力，经常接受世界各地的高级大厨和高级餐厅的邀请去品尝美食，是以点评食物为生的人。

对比成员：金钟大 〔CHEN〕

CHEN在出道前是以唱歌比赛第一名的成绩进入公司当练习生的，出道后还单独演唱过大热电视剧《没关系，是爱情啊》的插曲，他的唱功一直受到广泛的赞扬，这也跟九黎的美食评判能力一样，得到了大众的肯定。

但CHEN也是公认的"补刀王"，属于说话刻薄的类型。这也跟九黎一样，拥有出众的能力，可惜说话非常刻薄，有时候是对队友，有时候是对粉丝，这也成为他独特的魅力。

九黎跟CHEN一样，也拥有神奇的能力加说话刻薄的魅力，你接受得了吗？

PART 3:
毕方——毕芳

传说是像鸟的老父神，常常衔着火到人类家里制造火灾。因为只要有他出现的地方就有火灾的传言，被称为凶兽，历来被人讨厌。在人类社会里，毕方其实是非常具有男子气概的帅气男生，看似性格爆烈、喜欢皱眉，实际上很温柔，是一个喜欢做菜的厨师。

对比成员——金钟仁 〔KAI〕

KAI是组合中的舞蹈"担当"，爱跳舞的他曾经没日没夜地泡在练习室里跳舞，让其他人都大呼受不了。正是他这种对舞蹈的"如火热情"，让他的舞蹈能力备受肯定。这也跟毕芳一样——把自己"火"的属性注入到做菜的热情里，成为了一名优秀的厨师。有这么专注热情的人当朋友，你hold得住吗？

PART·4:
谛听——狄亭

传说中的谛听是地藏菩萨经案下伏着的通灵神兽，具有保护主人、驱邪避恶、明辨是非之神威，总之就是地位很高、能力很强的神兽。我们的谛听在人类社会里是非常温柔的点心师，是一位拥有银色长发的美少年。而且谛听因为本身能力很强，在佛前见识也很多，基本上可以说，就是常人只能膜拜的"学神"类型。在谛听面前别乱说话哦，因为他能听见你心里的声音。

对比成员：金俊绵 [SUHO]

身为EXO的队长，管理一个这么多人的队伍，SUHO的能力已经被承认了。不但如此，SUHO学生时代的成绩很好，当过班长和学生会副主席，属于"别人家小孩"的范畴。在全队投票中，公认队长的性格是有礼貌、细心周到、温柔。这些都跟我们的圣兽谛听一样，属于完美系。如果有个这样的男朋友，你会有压力吗？

敬请锁定巧乐吱2015年重磅大作——
"异兽美食"系列！

第一部《上古萌神在我家》，看无敌大胃王、妖怪美少年白雪如何"吃"心不改、一"吃"定情！

"异兽美食"系列之《上古萌神在我家》内容抢鲜看：

"吾乃白雪君是也！"

泰央在整理收藏家爷爷的遗物时，从一张奇怪的古书帛页里蹦出了一个名为白雪的上古妖怪。

这个妖怪是个皮肤非常白皙的美少年，但同时也是一个食量可怕的"吃货"！

他能吃掉任何东西，无论是食物还是人的喜、怒、哀、乐。

而可悲的是，对于这个妖怪来说，泰央的喜、怒、哀、乐是一种比高级点心还高级的无上美味！

所以——

"你要多笑哦，你现在的心情就好像白奶油一样甜呢！"

"哭吧！你的眼泪就像最高级的松露，味道真是太棒啦！"

更可怕的是，这个家伙好像还有一些奇怪的同党：温柔得让人想哭的花美男点心师，脾气火爆的酷男主厨，还有一个刻薄冷酷的美食评论家……

这些奇怪的家伙让泰央循规蹈矩的人生陷入了彻底的混乱！

是死心塌地沦为妖怪少年白雪的"情绪点心"提供者，还是找个高人来驱妖？

神啊，请告诉她到底该怎么办吧！

青鸟飞过荆棘岛

微情书点评时间

继3月发布微情书活动后，来自全国各地男女老少反响激烈，被情书砸晕的菜菜酱直呼好浪漫好幸福（众人：你够了，又不是写给你的），起初我还以为大家都是写给自己心目中的那个他/她，结果除了写给闺密，竟然还有不少读者写给咱们魅优这个大家族，啧啧，看来大家对魅优都是真爱啊！好了，接下来是各位作者的点评时间啦！

@魅丽优品：v

春风再美也比不上你的笑，没见过你的人不会明了。

锦年：美过人间四月天的，大概就只有你了。

夏桐：简练又押韵，可是叶大，『官微』君怎么跑进来了？

叶冰伦：我也不知道（摊手），不过这句情书很像歌词……

@SeaC杏然无声

痛的回忆走过去了会觉得前路美好，好的回忆走过去了就成了脑子里的荆棘。现在我们的回忆那么美好，会不会在将来，我想想你的名字心里都会发涩？

锦年：比起将来会觉得前路发涩，现在的我也无法做到把那么美好的你推得远远的。

夏桐：有点悲伤，不过这样的情感在大家恋爱时是都会有的吧。

叶冰伦：正是因为有了这两种回忆，我们的人生才变得如此饱满吧。

@痴吃的阿五： V

喜欢你笔下的苏戈说过的一句话，"认识的时间不长，却有一种认识了几辈子的错觉"；喜欢你所塑造的人物，奇葩却又可爱的萧宝贝，执着敢爱的白喜，将爱卑微藏在心里的姜若歌……这些美好与伤痛，熟悉得如同在自己身上一般。你说你信奉爱情，坚信会有王子牵着你一起走向美好的未来。我也是。

锦年：这位阿五同学绝对是夏桐的真爱粉啊。文笔也很棒，要不要也来写稿呢？

夏桐：要说看到这段话不开心是假的，我才知道原来"甜筒"们这么有才！快来羡慕我！

叶冰伦：文风有点像锦年，笔触清新真挚，很温暖的情书。

@陌陌轩染： V

致闺密：我的脾气不好，可你依然对我不离不弃。我错过了很多很多的人，最后遇见你，这是我最大的福气。我愿意下辈子落魄坎坷，只愿这辈子我们在一起。虽然明白有些话说得太早，当一切化成零时真的可笑，可我还是想说：我爱你我的好闺密，让我们不离不弃，一直一直在一起。

锦年："我愿意下辈子落魄坎坷，只愿这辈子我们在一起。"这句好感人啊！

夏桐：谁说要防火防盗防闺密了？这个世界，还是好闺密多啊！

叶冰伦：虽然有些语病，但还是不妨碍这封情书打动你的心。

@ZJQ_大大周 V

你完美的侧脸在我脑海回荡，你安静弹吉他的样子，让我深深着迷。不止一次在梦中见到你，你存在我的内心深处。你是个坚强的男孩，坚强到我走不进你的心。我远远看着你，看着你漂亮地打篮球，看着你偷偷打瞌睡，看着你在大树下闭眼沉思，这一切的一切也只有我知道。

锦年：少女心满满的一封情书啊！我喜欢！

夏桐：没错，想当年我也这样暗恋过一个会弹吉他、爱打篮球的男生。

叶冰伦：少女小说必备的情节，可正因为接地气才能让不同年龄、不同职业、不同地域的读者都产生共鸣吧。

第一期点评结束啦，大家是不是看得还不过瘾？

想看叶冰伦精准又犀利的点评吗？

想看锦年和你一起聊聊成长路上的悲欢吗？

想看夏桐用欢笑温暖你刺痛的心灵吗？

想看其余精彩点评，请密切关注锦年重磅新作《青鸟飞过荆棘岛》（@merry~锦年、@我素菜菜酱）

新
街

许心愿迎礼包，惊喜一波波！
挖树洞藏心事，等的就是你！

现在就一起来许愿吧！跟我一起大声喊——

樱花樱花想见你！樱花樱花，想见你！

我是《樱花魔法，人鱼之恋》美丽可爱的女主角，还愿师东方樱语，请问刚才是谁在召唤我？

有什么愿望赶紧说吧，我可是很忙的！

当当当！

某编辑A：我想要老板下个月给我批带薪长假！

某读者B：我想要魅丽优品所有下月上市的新书！

某幼稚园小朋友：我想明天就变得和姚明叔叔一样高，这样就再也没有人敢和我抢零食了！

……

东方樱语（鄙视）：拜托，你们能说现实一点的吗？

大喇叭：是啊是啊，捣乱的请一边儿待着凉快去！来来来，各位可爱的"凉粉"，热爱魅丽优品的同学们看过来，现在，请把大喇叭当成一个树洞，说出你的小小心愿，就有机会赢取神秘大礼包哦！

参与方式有两种：

一、写下你的心愿，邮寄给魅丽优品凉桃收；第二，在"蜜桃殿下"的微博写下召唤语，然后"艾特"作者，你就有机会获得作者送出的神秘礼物一份哦！

惊喜大礼包一： 超精美可爱钱包一个（图一仅供参考，以实物为准）

惊喜大礼包二： 超温暖大白玩偶一只（图二仅供参考，以实物为准）

惊喜大礼包三： 凉桃签名新书一本《樱花魔法，人鱼之恋》（以实物为准）

（图二）

（图一）

来信请寄：湖南省长沙市开福区黄兴北路89号上城金都南栋2128魅丽优品

微博：http://weibo.com/u/1871779350

凉桃官方读者群1：149894461　　群2：170192849

凉桃后援会：135198317

老友记 FRIENDS

SUMMER

主题： 论如何完美地过夏天

时间： 五月某个午后

天气： 暴雨

作者：锦年

书名：《时光咬破记忆的唇》

@我素菜菜酱： 长沙这段时间都被暴雨袭击，让小编我有种生活在海岸城市的错觉！夏天就这么悄悄地来啦，不知道锦年你理想中的美好夏天是什么样的呢？

@merry－锦年： 冰镇西瓜+Wi-Fi满格+空调+男神=完美夏天

@我素菜菜酱： 什么？还需要男神？

@merry－锦年： 对啊，夏日午后，跟你的男神一起看电视剧吃西瓜，想想就很甜蜜，不是吗？话说，菜菜，你跟你男神说上话了吗？

@我素菜菜酱： 我……不光说上话了，我们都开始"煲电话粥"了（人家根本就不认识你好吗？）

@merry－锦年： 是吗？（相当值得怀疑）对了，菜菜你的男神是不是跟成思隼同一类型的？

@我素菜菜酱： 你是说新书《时光咬破记忆的唇》里那个又帅又可爱的成思隼吗？没错，我好喜欢这种类型的……（捂脸中）麦柒好幸福……（星星眼）

@merry－锦年： 我有个提议，让咱们的读者给你支支招，让你能赶在这个夏天结束前顺利拿下男神，从此过上幸福快乐的生活……（播放music）

@我素菜菜酱： 真的要这样吗？人家好羞涩呢……言归正传，各位"年糕"，追男神有什么秘诀吗？给我来一打！

@加恩小姐：要把男神的属性牢牢地记在心里，他冷淡也好，难以搞定也好，脾气差到极点也好，这都是男神的属性，这是非常重要的第一步！

@merry夏桐：菜菜，请记住，这是个看脸的世界，所以，请坚持不要脸！（菜菜：你不乱插进来的话，我们就还是朋友！）

@哆啦B梦：先甩掉自己身上的平凡气质——让自己变女神！先敷个面膜、拉个皮、拍个黄瓜、减个肥，顺便偷偷把商场里穿着好看的衣服囤在家，记住是"囤"！（菜菜：虽然不明白为啥要"囤"，但我似乎又找到了一个买东西的理由！好开心！）

@苏苏小拾：对男神有了充分了解后，开始投其所好。比如说：男神最爱的事情就是看菜菜出丑的话，菜菜就要脸皮厚，在他面前故意出丑，类似于在众人面前大口吃肉啊、抠脚啊、打呼噜啊……哈哈！（菜菜：这位同学，你确定男神真的会有这样奇葩的嗜好吗？）

@梨茶：我同意楼上的！（菜菜：你，放学别走……）

@慕星辰要逆袭：欲擒故纵什么的最管用了。

……

@我素菜菜酱：看了这么多热心（丧心病狂）的建议，我只想说，道理我都懂，可是要怎么才能让男神认识我？

@merry-锦年：说好的"电话粥"呢？快去翻书找麦柒补习一下吧！

内容简介：

【成思隼在被麦音扇巴掌的那一刻就决定了，要用一辈子去赎罪，然后忘记这个人。前者他做到了，可是忘记比赎罪更难。
如果对你一见钟情只是个梦，那么梦醒了的我该去何从？
爱恨交织下的我们，都选择了分道扬镳。】

《时光咬破记忆的唇》 将文字化为良药，用爱触动心弦

全 —— 国 —— 感 —— 动 —— 上 —— 市